Agatha Mistery

小侦探阿加莎

瑞士雪山追击案

[意] 史蒂夫·史蒂文森 著 杨苏华 译

上海译文出版社

图字：09－2024－0600 号

图书在版编目（CIP）数据

瑞士雪山追击案 /（意）史蒂夫·史蒂文森 (Sir Steve Stevenson) 著；杨苏华译. -- 上海：上海译文出版社，2025. 8. --（小侦探阿加莎）. -- ISBN 978－7－5327－9913－8

Ⅰ. I546.84

中国国家版本馆 CIP 数据核字第 2025P55P13 号

瑞士雪山追击案 CATTURA TRA LE NEVI

［意］史蒂夫·史蒂文森 著 ［意］斯特凡诺·图尔科尼 绘 杨苏华 译

选题策划 张 顺
责任编辑 朱昕蔚 王宇晴
内文插图 ［意］朱塞佩·法乔托
封面设计 张擎天

上海译文出版社有限公司出版、发行
网址：www.yiwen.com.cn
201101 上海市闵行区号景路 159 弄 B 座
常熟市文化印刷有限公司印刷

开本 890×1240 1/32 印张 4.5 字数 33,000
2025 年 8 月第 1 版 2025 年 8 月第 1 次印刷
印数：0,001—6,200 册

ISBN 978－7－5327－9913－8
定价：35.00 元

任务

参与者

阿加莎

十二岁，梦想成为一名侦探小说家，拥有惊人的记忆力。

拉里

捣蛋鬼学生，就读于著名的“侦探眼”学校。

肯特先生

前拳击手，无可挑剔的英式管家。

沃森

顽皮的西伯利亚猫，
嗅觉如猎犬般敏锐。

奥丁

二十八岁，年轻而敏捷的冰雕
艺术家，冰雕领域的佼佼者。

目的地

瑞士——圣莫里茨

OLYMPIA 1948
ST. MORITZ
HELVETIA
OLYMPIA 1948
ST. MORITZ
HELVETIA 10
+10

目标

查出是谁从圣莫里茨奢华至极的
帕拉塞尔苏斯酒店偷走了
历史上第一台钢架雪车！

目录

任务开始

一月的一个清晨，天寒地冻，一架天蓝色私人飞机从伦敦希思罗机场起飞，正高速飞越欧洲上空。飞机上聚集着一个气氛融洽的小团队，其中有一位少年格外引人注目。他叫拉里·米斯特里，今年十四岁，一头黑发乱糟糟的，看着像是几百年没睡觉似的。

事实上，他刚刚熬了一个通宵，这会儿确实正困得睁不开眼。

“我的老天……哈欠……瑞士到底有多远啊?”他慢吞吞地摸出心爱的“眼线宝”，准备看看他们此时在地图上的位置。这个设备看上去就像一个普通的手机，但是它的钛合金外壳下却隐藏着无数令人大开眼界的高科技功能。毕竟，这可是著名的“侦探眼”学校配发给每位学生的专业装备。最近，拉里的“眼线宝”升级了，新装配了一个声音识别的软件，他滑动屏幕时不小心激活了这一功能。一阵困意突然袭来，拉里的眼皮几乎要粘在一起了。这位窝在座椅里的少年伸了个大大的懒腰，不料瘦削的手臂撞到了机舱顶上，发出了“砰”的一声。

突如其来的声响吵醒了旁边的某位动物乘客。“喵！”它愤怒地叫了一声。

“猫的叫声。西伯利亚长毛猫。雄性。”“眼线宝”自动播报起来。

“呃……对不起，沃森。”拉里小声跟他的旅行伙伴道歉。

这只西伯利亚猫傲慢地甩了甩它那毛茸茸的大尾巴，然后又继续眯起眼睛打起了瞌睡。

“看来你们两个是在竞争‘年度瞌睡虫’的称号啊！”坐在拉里对面的一个金发女孩笑着调侃道。

“阿加莎·米斯特里，十二岁。LM14 的堂妹，未来的侦探小说家，拥有惊人的记忆力，这要归功于她脑海中那井然有序的‘记忆匣子’。她对一切都充满好奇，有时候甚至有点儿好奇过头了。”“眼线宝”识别到了阿加莎的声音，再次机械地播报起来。

“这个新功能真是了不起！不过……这多少有点儿没礼貌吧！”阿加莎感到有点儿不乐意了，忍不住吐槽道。

几个小时前，拉里还在堂妹阿加莎家里——也就是那座蓝色屋顶的维多利亚式豪宅——“米斯特里之家”享受短暂的假期。“侦探眼”的课程因为假期而暂停了。玩了一晚上《疯狂射击启示录》后，拉里刚准备睡觉，他的“眼线宝”突然叫了起来。

听到熟悉的提示音，他条件反射似的从床上弹了起来，裹着乱作一团的被单，一把抓过那台高科技设备，映入眼帘的是教授发来的信息：

LM14，新任务！

目的地：位于瑞士恩加丁山谷圣莫里茨市的帕拉塞尔苏斯酒店。

行动时间：立刻，私人飞机已在希思罗机场等候。

任务：找回被盗的雪车。详见附件。

请即刻动身！顺便说一句，别指望我会还你失去的假期！

署名：UM60

凭借肯特先生——米斯特里家无可挑剔的管家——娴熟的驾驶技术，拉里和阿加莎以创纪录的速度赶到了机场，登上了已启动的私人飞机。然而，还没抵达目的地，拉里已经逐渐失去了耐心。

“怎么还不着陆啊，我都等不及了……”他关掉“眼线宝”的语音识别功能，喃喃自语道。

阿加莎看了看手表，探头朝窗外望去：“根据我的推算……再过二十分钟我们就到了！那边的山属于雷蒂亚山脉，最高峰海拔有四千米呢！拉里，你能不能把你收到的关于本次任务的信息拿给我们看看？”说着，她走过来抱起沃森，坐在了拉里旁边的座位上。

沃森喵喵地叫着表示抗议，阿加莎轻轻抚摸了它几下，小家伙马上安静了下来。

拉里也顺从地拿出“眼线宝”，开始翻找起来：“看，这就是他们发给我的任务档案。貌似是一台雪车被偷了。但是我搞不懂，这玩意儿能有什么特别之处！”

阿加莎仔细瞧了一眼设备上的文件：“嗯，事实上它确实不是普通的雪车，而是历史上的第一台骨架雪车！”

“什么？骨架？骷髅那种骨架？我从来没听说过这种东西。”拉里疑惑地挠了挠头。

“没错，它就叫骨架雪车，也被称作钢架雪车，是一种类似于传统雪车的运动项目。运动员需要趴在一个底下装有冰刀的小雪橇上，头朝前，脚朝后，然后沿着冰道全速滑行。”

“听起来很酷!”拉里兴奋地说，“幸好我爸不在，不然他肯定又要拉着我比赛……”

拉里的爸爸、阿加莎的叔叔塞缪尔·米斯特里，是一名狂热的冬季运动爱好者。不论是滑雪、单板，还是滑冰，他绝对不会放过任何跟儿子较量的机会。

阿加莎用手指轻轻敲了敲“眼线宝”的屏幕:“我倒觉得塞缪尔叔叔这次应该没机会向你发起挑战。因为最近这几天刚好是钢架雪车世界锦标赛，这里根本没有空闲的赛道。”

“真是奇怪，”拉里说，“居然在这种时候偷走这个项目的第一台雪车，胆子可真不小啊!”

“而且失窃地点还是附近最豪华的酒店，”阿加莎指出，“也许小偷就是想借**法夫纳**之机作案。”

法夫纳

法夫纳是北欧神话中的一条巨龙，原本是一位侏儒，因贪婪和诅咒而变成龙。传说，他因杀害父亲并夺取巨额财宝而受到诅咒，最终化身为龙，居住在深山之中，守护着堆积如山的黄金与珠宝。任何试图接近财宝的人都会被他喷出的火焰烧毁。法夫纳的故事常被用于象征贪婪与守护欲望的后果，也启发了许多奇幻文学和影视作品中的龙形象。

“借谁之机？”拉里一头雾水。

“法夫纳源自北欧神话故事，他是一个贪婪的侏儒，最后为了守护自己的财富变成了一条可怕的恶龙。前几天袭击了圣莫里茨的暴风雪就被气象学家们命名成了法夫纳。虽然这座小镇已经完全被大雪覆盖，但幸运的是最糟糕的时刻已经过去了，现在风暴似乎已经减弱了。”阿加莎解释道。

拉里紧张得直吞口水，他看了看窗外，突然感觉那些灰色的云层变得恐怖起来：“呃，暴风雪？那……我们在天上飞……安全吗？”

就在这时，飞机剧烈地颠簸了一下。拉里立刻紧紧抓住了座椅扶手。

“怎么回事?”他吓得脸色苍白，忍不住尖叫起来。

“别担心，拉里少爷。”坐在阿加莎对面的肯特先生安慰他说——事实上，米斯特里之家的这位管家不仅拳击水平了得，对驾驶飞机也颇有心得，“不过是气流扰动而已。接下来很有可能还有几波……”

话音未落，机舱的扩音器里果然传来了飞行员的声音:“请各位乘客系好安全带，我们即将抵达**萨梅丹**，飞机开始准备降落。接下来我们预计还将穿过法夫纳的最后几道气流，因此可能会有些许颠簸。请大家不必惊慌。地面目前天气晴朗。”

萨梅丹

萨梅丹是瑞士格劳宾登州的一个美丽小镇，位于阿尔卑斯山脚下。这里以壮丽的雪山景观和优质的滑雪场而闻名。萨梅丹小镇保留了许多传统的瑞士木屋建筑，街道两旁的店铺售卖精致的手工艺品和当地美食。每年冬季，萨梅丹都会吸引大量滑雪爱好者前来体验冰雪世界的乐趣。

“不必惊慌?”拉里吓得声音都颤抖了，他决定重新启用“眼线宝”的声音识别功能。

这时，飞机又一次剧烈颠簸，发出一阵刺耳的轰鸣声。

“气流颠簸，”“眼线宝”解释道，“当飞机遇到下沉气流时，会瞬间下降几十米。这种现象并不会造成伤害。”

“正是如此。”肯特先生满意地点了点头。

不过拉里已经什么都听不进去了。这位伦敦少年正拼命地拉紧安全带，同时还把飞机的遮光板也拉了下来。

肯特先生往前倾了倾身体，伸手把遮光板拉了起来：“拉里少爷，这可不行。降落阶段和起飞阶段是整个飞行过程中最为关键的环节。此时必须打开遮光板，保证能看到外面的情况，以便在发生意外时快速做出反应。”

“发生意外?”拉里惊恐地瞪大了眼睛。他吓得开始冒汗，像个受惊的小孩一样紧紧地抓住了堂妹阿加莎。

“冷静点儿，拉里！没事的，想想我们即将执行的任务吧。咱们要去破解一起钢架雪车盗窃案！等会儿到了机场我们会见到堂哥奥丁，我在出发前已经联系过他了，感觉是个挺有意思的人……”

“抓稳了！”飞行员的声音突然响起。话音未落，飞机猛地倾向一侧，拉里的脸被压到了窗户上。沃森瞬间跳了起来，试图躲到座位底下，但由于飞机来了个急转弯，它不受控制地落到了肯特先生的头上。

“抓紧了！”飞行员再次提醒大家，“为了避开法夫纳的尾部风暴，我们正在进行紧急操作！”

拉里抱起一个枕头，紧紧地捂在脸上。他坚信这时候最好什么也不看、什么也不听。飞机仿佛掉入了一台巨大的搅拌机里，不停地翻滚着，最后猛地一震，终于停了下来。

“拉里？拉里？”他模糊地感觉到有人从自己手中抢走了枕头。他用力睁开眼睛，看到阿加莎正笑容满面地站在自己面前。

“我们已经着陆了！”阿加莎宣布道。

第一章

雪地里的骨架

飞行员打开舱门，放下了气动舷梯。地面上，一名男子身穿厚重的黑色大衣，手里拎着一件鼓鼓囊囊的行李，正眼巴巴地等待着乘客们走下飞机。拉里依旧脸色苍白，他紧紧抓住扶手，急于把这次糟糕的飞行体验抛在身后。然而，就在他即将踩上最后一个台阶的那一刻，沃森突然从他两腿之间窜过，失去平衡的拉里直接扑倒在了那位陌生男子身上，俩人一起摔了个四脚朝天。

“你不看路的吗？蠢货！”男子愤怒地嚷道。他甩开拉里，抓起自己的行李，粗鲁地越过阿加莎和肯特先生，径直冲上了舷梯。

这时候，拉里也从地上爬了起来。冷冽的山风让他脸上稍微恢复了些血色。

机场跑道上空无一人，但厚厚的积雪在清晨阳光的照射下闪闪发亮，漂亮极了。

“不是说下飞机会见到堂哥奥丁吗？他人呢？”拉里四下张望着。

“在那儿呢！”阿加莎指着站在候机厅玻璃后面朝他们挥手的一个小伙子，兴奋地回答道。

她立刻加快了脚步，但是才刚走没几步，就听到身后传来一声闷响，伴随着一声痛苦的尖叫——拉里又摔了一跤。

“哎哟，好疼啊！”他叉着腿瘫坐在地上，吃力地用前臂支撑着身体。

强壮的管家立刻从腋下托住他，一把把他拎了起来，轻松得就跟提起一袋羽毛似的。

“要是再看到结了冰的路面，你们可得记得提醒我一下！”拉里揉着屁股，龇牙咧嘴地嘟囔道。

几经曲折，侦探小队总算来到了萨梅丹机场的大厅。

“奥丁，很高兴认识你！”阿加莎激动地跟这位从未见过面的堂哥打着招呼。小伙子看着很精神，他穿着一件色彩斑斓的滑雪服，上面满是几何形的拼

接图案，从亮粉色到电光蓝，颜色十分抢眼。

“阿加莎！拉里！”奥丁迎上去紧紧拥抱了他的家人们。

这时，一阵机械的播报声突然响彻整个候机大厅：“奥丁·米斯特里，二十八岁，冰雕艺术家，环球旅行达人，现居瑞士圣莫里茨，是冰雕领域的佼佼者。”

拉里唰地一下脸红了，他手忙脚乱地在口袋里翻找起来：“糟了！这一路的气流颠簸搞得我头昏脑涨，都忘记关闭声音识别了！”

“看来我已经小有名气了！”奥丁笑了笑，露出一口洁白的牙齿，看起来倒是与他乌黑的头发和碧蓝的眼睛十分相称，“拉里，你哥哥加斯帕最近怎么样？他还在巴黎吗？”

“是啊，”拉里一边关掉“眼线宝”上的软件，一边回答说，“他整天泡在成堆的画笔、油画和水彩颜料里，还在努力寻找心目中的完美画作。”

“你们的旅程还顺利吗？”奥丁关心地问道。

“呃，还挺……惊险的。”阿加莎简短地回答道。

“所以我们接下来要怎么去圣莫里茨?”拉里赶紧换了个话题，他只想尽快把这次的飞行经历彻底忘掉。

“跟我来吧!”奥丁招呼他们说。

大家跟着奥丁走出了机场。展现在他们面前的是一幅白茫茫的画卷，萨梅丹小镇银装素裹，漂亮极了。厚厚的雪地里，一辆装有履带的车已经在等待着他们了。

“是压雪车!”阿加莎兴奋地说。

“没错。”奥丁点头确认道，“不过它只能载我们到火车站，只有一小段路。”

“火车站?”拉里爬上这辆新奇的交通工具，不解地问，“可是，火车轨道不是都被积雪掩埋了吗?”

奥丁已经坐在了驾驶座上，他转动了一下钥匙，发动机先是发出一声咆哮，随即变成了低沉的轰鸣声。

“我们要乘坐的是一辆非常特别的火车，相信我吧。交通部门目前还在清理主干道。大家都准备好了?那我们现在出发!”

一到站台，阿加莎立刻惊讶地瞪大了眼睛。“居然是著名的**伯尔尼纳红色火车**！”她盯着眼前一排排樱桃红色的车厢，激动地感叹道。

列车缓缓启动后，立刻驶入了一条隧道。重见光明时，萨梅丹小镇已经被远远地抛在了身后。车窗外是一望无际的漂亮雪景。右侧的群山看上去近在咫尺，仿佛正在弯腰俯视着他们。紧贴着铁轨生长的松树上覆盖着皑皑白雪。仿佛整

伯尔尼纳红色火车

伯尔尼纳红色火车是一列穿越瑞士和意大利的景观列车，以其独特的红色外观和沿途绝美的阿尔卑斯山风光而闻名。这列火车穿梭于高山、峡谷和冰川之间，沿途经过多个风景如画的小镇。乘客可以在火车上欣赏到壮观的自然景观，感受阿尔卑斯山脉的壮美与宁静。

个世界都静止了，一切都进入了梦乡。

阿加莎透过车厢上宽大的全景窗户眺望着远处的山峰，山上点缀着的木屋都已经被积雪掩埋了一半。

“我怎么从来没听说过这种火车？”拉里把脸贴在玻璃上，好奇地问。

“这是欧洲最著名的观光列车。”阿加莎立刻从她的“记忆匣子”里调取了相关的信息，“它途中会穿越惊险的隧道和高架桥，最高爬升高度能达到海拔两千两百五十三米！”

“哇……真的啊？这是怎么做到的？”拉里惊讶地问。

“与普通列车不同，它采用的是极窄轨道，这就让它几乎可以爬到任何地方，而且可以完成一些令人叹为观止的急转弯。”

“明白了，明白了……”拉里敷衍地附和道。

列车在切莱里纳镇短暂地停留了一会儿，这是一座非常迷人的小镇，老城区布满了颇具恩加丁传统特色的小木屋。随后，他们终于来到了圣莫里茨湖畔。

“这个季节湖面已经冻住了，”奥丁讲解道，“所以非常适合滑冰，同时也很适合……展示我的冰雕作品！”

几分钟后，列车停靠在了圣莫里茨火车站的站台旁。

“好多人啊！”阿加莎一走出车站就被吓了一跳。

尽管暴风雪才刚刚过去，但是商店已经重新开张了，人们成群结队、有说有笑地在街上闲逛。

“现在正是旅游旺季，”年轻的艺术家解释道，“如果你选择来像圣莫里茨这样热闹又优雅的地方度假，肯定不想浪费在这里的每一分每一秒！”

拉里注意到街上有一辆装有卫星天线的小货车，上面印有“瑞士电视台”的字样。

“哎哟，我的老天，难道电视台已经得到了关于盗窃案的相关消息？”他顿时又紧张起来，“那我们现在该怎么办？学校肯定会非常生气的！”

“别担心，拉里，”奥丁安慰他说，“这些摄像机都是来拍摄钢架雪车世锦赛的。参赛的运动员来自世界各地，年龄跨度很大，从青少年组到成年组都有。”

“无论如何，我们最好别太引人注目。”这位头发乱糟糟的伦敦少年回答道。

“说到引人注目……我猜那座宏伟的建筑应该就是帕拉塞尔苏斯酒店吧。”阿加莎一边欣赏着矗立在面前的宏伟建筑，一边猜测道。

这家酒店离车站很近，给人一种俯瞰整个小镇的感觉。

“这家酒店的客容量非常大。在这样一个人流密集的地方，应该很难不被注意到。”以前曾在酒店业工作过的肯特先生补充道。

奥丁带着大家来到了酒店门口：“好吧，我就不进去了。我去对面的咖啡馆里喝杯热巧克力，你们可以安顿好以后再下楼。一会儿见！”

一走进酒店大堂，阿加莎和她的伙伴们都瞠目结舌。所有的墙壁都覆盖着锃亮的桃花心木面板，地面上铺着柔软的紫色地毯，前台则装饰着金色的花纹雕饰。

阿加莎轻轻用手肘碰了碰还在半张着嘴巴四处打量的拉里："你是不是该去做自我介绍了，堂哥？"

"啊！对，对！"回过神来的拉里猛地向前冲去，不料被绊了一下，他打了个趔趄，赶紧抱住柜台，这才勉强避免了当天的第三次摔倒。

酒店的礼宾员是一个瘦削的男子，嘴唇上挂着两撮细细的黑色小胡子，头发用发油打理得整整齐齐。他本来正咬着下唇站在旁边待命，听到声响，立刻打起精神来跟拉里打招呼。

"欢迎光临帕拉塞尔苏斯酒店。请问有什么能为您效劳的吗？"礼宾员问道。

拉里站直了身子，清了清嗓子，自我介绍道："我是拉里·米斯特里，这两位是我的助手。我们来自'侦探眼'，此行是为了调查一起钢架雪车失窃案。"

礼宾员立刻瞪大了眼睛。"我马上去通知经理！"他说完，瞬间消失在了身后一扇标有"闲人免进"的门里。

几秒钟之后，一位又矮又壮、走路姿势像极了企鹅的男士出现了。

“几位的到来真是我的荣幸！”他大声招呼着，然后径直走向肯特先生，热情地握住了他的手，“侦探先生，见到您真是太高兴了！”

礼宾员弯下腰，凑到经理的耳边低声提醒道：“巴蒂斯蒂经理……他才是侦探。”说着，他朝拉里的方向扬了扬下巴。

“你说什么，阿兰？就他？”经理不敢相信。

他的目光在拉里和管家之间快速来回移动着。拉里坚定地点了点头，肯特先生则报以一个淡淡的微笑。

“哦，好吧，‘侦探眼’是出了名

的可靠，他们肯定不会胡闹的！欢迎你，年轻的侦探。我想你们需要个房间吧？正好今天早上空出来了一间套房，跟我来吧。”说着，他拍了拍手，“阿兰！把客人的行李送到二三七号房间。”

“好的，经理。”礼宾员答道，然后立即开始搬运行李。他瘦得跟麻秆似的，有一个瞬间阿加莎甚至担心他会不会被行李压垮。

巴蒂斯蒂经理昂首挺胸地带着他们走进了电梯，然后在镀铜按钮面板按下了显示“二楼”的按键。

“这是我们酒店的宣传册，你们可以先看看。”他补充道，“能接待你们真是我们的荣幸！”

拉里和阿加莎一起翻看起来。毫无疑问，这是一个非常高档的地方：豪华的房间、奢华的会议厅、七家餐厅、三家酒吧、四个游泳池，还有一个梦幻般的水疗中心。最后一页介绍的是酒店里的“奖杯陈列厅”，展示了圣莫里茨在体育运动领域的历史。在其中一张陈列厅的照片里，可以看到那台被盗的钢架雪车赫然摆放在房间中央。拉里把宣传册塞进了口袋。

“叮!”电梯发出清脆的声响，提示他们已经到达了所选的楼层。

“请跟我来。”经理说。拉里、阿加莎和肯特先生跟在他身后，穿过了一条散发着菩提木香味的长走廊。墙壁上装饰着白色的镶板，房间的门牌号采用的是金色浮雕工艺。

巴蒂斯蒂经理刚将磁卡靠近二三七号房的门把手，门便自动打开了。

“小姐、先生们，这就是你们的房间了。”

所谓的房间，看上去就是一间设备完善的公寓，跟普通的酒店房间完全是两码事！清晨的阳光通过大大的窗户洒满了整个房间。其中一面墙上安装着嵌入式壁炉，里面跳动着温暖的火焰。对面的墙上则是一台大得离谱的超薄电视。三张床都设计在了壁龛里，床与床之间用屏风隔开，满足了每位客人的隐私需求。房间里的装饰极其考究，传统家具与现代风的物件搭配得十分巧妙：路易十六风格的书桌旁，装饰着抽象艺术风格的屏风；拉里选中的那张床的床头柜旁，则放着一个形状怪异的铁制托盘。

拉里走到床边，一头扑了上去。“这床可真软哪……”他打着哈欠陶醉地感叹道。

“别忘了还有案件在等着我们去调查呢！”阿加莎提醒他说。

拉里一边不高兴地嘟囔着，一边艰难地坐了起来。

“您说得对，亲爱的小姐，找回雪车至关重要，”巴蒂斯蒂突然插了一句，他的脸上透露出一丝忧虑，“万一事情传出去，而我们没能找回失物……这对酒店来说将是灭顶之灾！我们不仅会失去梦寐以求的‘至尊级五星酒店’的宝贵称号，甚至还会成为整个圣莫里茨的笑柄！”

拉里立刻从床上跳了起来：“您不用担心，经理。‘侦探眼’从未失手过。请我们来这里，是您做出的最明智的选择！”

“请你们来？”巴蒂斯蒂歪了歪头，不解地反问道，“这里面一定是有什么误会。我可从来没有联系过你们任何人……”

整个房间瞬间陷入了一片寂静。

第二章

奖杯陈列厅

陪大家回到一楼的路上，巴蒂斯蒂告诉他们，雪车是在奖杯陈列厅被盗的。陈列厅里十分安静，整个空间被精心布置成二十世纪初的风格，因为那正是冬季运动项目刚刚起步的年代。

“这里比宣传册上还要迷人！”拉里赞叹道。

森林绿色的墙壁上挂满了大大小小的相框，里面装裱着黑白照片、裁剪下来的报纸页面以及各种奖牌。陈列架上则摆满了奖杯和纪念品。

一对棕色的皮质沙发旁，壁炉里的炉火正啪啪作响。房间的尽头是一个宽敞的户外露台。

不过，整个房间的布置似乎都是为了突出中间的那张小桌子，而现在桌上的玻璃展示柜已经碎得不成样子。

拉里走向前去，有模有样地端详起来。“我没判断错的话，雪车此前应该是放置

在这里的吧?”他用专业的口吻问。

“是的，侦探。”经理确认道。

“报警器没响吗?”

“呃……这里没有报警器，”小个子男人吞吞吐吐地说，“因为这些纪念品并没有多大的经济价值。这个房间只不过是个陈列厅而已。我们一直觉得没必要花一大笔钱去安装报警系统。”

拉里叹了口气，小心翼翼地绕着桌子走了一圈。

“有发现什么线索吗，侦探先生?”巴蒂斯蒂询问道。

“嗯，展示柜碎了一地，应该是被某个重物击中，然后……”

经理眼神里立刻充满了期待。

拉里紧张地摸了摸下巴：“然后……嗯，让我想想……”

这时，阿加莎抱着沃森走了过来：“我觉得可以先询问一下最先发现失窃的那个人，如果可以的话。”

“好主意，堂妹！”拉里松了一口气，“经理，能麻烦您把最先报告失窃的人喊过来吗？”

“当然。我现在就去通知阿兰。”经理说着便走了出去。

拉里趁机凑到阿加莎身边问道：“怎么样，阿加莎？你有什么新发现吗？”

她把沃森放了下来，然后习惯性地摸了摸自己的小翘鼻，这是她思考问题时的标志性动作：“发现了一些细节。不过我们还是先等阿兰的证词吧。”

不一会儿，经理带着礼宾员阿兰一起回到了大家面前。

“我是阿兰·杜普雷，请您尽管吩咐。”那个瘦得像麻秆似的男子自我介绍道，事实上，几分钟前拉里和阿加莎已经在酒店大堂跟他见过面了。

“是您发现了有东西被偷吗？当时情况是怎么样的呢?”拉里询问道。

杜普雷点点头，开口道：“尊敬的各位，我当时正坐在前台，和往常一样，我习惯在值夜班的时候阅读一些精彩的小说。清晨五点，我听到一声巨响。我立刻意识到声音是从奖杯陈列厅传出来的。”

“那您为什么没有马上跑过去看看发生了什么?”拉里问道。

“侦探先生，您知道的，深夜的酒店……一片寂静，一片漆黑。”

“您害怕了？没关系，这没什么好羞愧的。”阿加莎鼓励他说。

阿兰点了点头，脸颊微微泛红。

“请继续讲下去吧。巨响之后又发生了什么呢?”阿加莎追问道。

阿兰·杜普雷深吸了一口气:“我躲到了柜台后面，紧紧抱着我的书。当时我真的很害怕。不过，接下来却发生了一件让我意想不到的事——我居然听到有人在吹口哨。”

“是什么样的口哨声?”阿加莎接着问道。

“差不多是这样。”杜普雷说着便哼起了轻快的小调。

“嗯，一个吹口哨的小偷。”阿加莎一边思考，一边分析道，“说明他肯定非常自信，一点儿也不紧张。亲爱的拉里，看来我们这次遇上了一个老手。杜普雷先生，请问您在柜台后面躲了多久呢?”

“我也说不清楚，或许……二十分钟?或者半小时?我只知道最后我终于鼓足勇气，拿起了一把裁纸刀，来到了奖杯陈列厅。我打开了灯，然后……”

“然后您看见展示柜被砸得粉碎。”阿加莎接过话茬。

“我猜那时候您就决定要联系‘侦探眼’了。”拉里自作聪明地说。

礼宾员一脸困惑地看着他：“‘侦探眼’？说实话，在你们出现之前，我根本不知道这三个字是什么意思。并没有，侦探们，我只是第一时间给经理打了电话。”

卢西安诺·巴蒂斯蒂点了点头：“我可以作证。电话响起的时候天还没亮。阿兰告诉了我事情的经过，我穿着睡袍就匆匆忙忙地赶到了酒店。”

“那到底是谁打电话让我们来的？”拉里纳闷得几乎要抓狂了。

经理耸了耸肩。“大概是其他员工吧。”他总结道，“毕竟大家都很看重那台雪车。”

“那小偷是从哪里逃走的呢？”阿加莎问道。

经理和礼宾员对视了一下：“唯一可以通行的出口就是正门。”

“但这是不可能的！”拉里激动地喊道，“入口处一直有杜普雷先生守着，有人出去他肯定会注意到的！”

就在这时，房间里传来清脆的敲门声。众人转过头，发现阿加莎正站在露台的推拉门外，微笑着跟他们摆手。

“阿加莎！你是怎么到外面的？”拉里问道。

阿加莎拉开推拉门走了进来，然后又转身关上了门：“小偷很有可能就是从这里逃走的。”

“是哦！他肯定是从露台跑掉的！”拉里一边大喊着，一边冲了出去，“这么大的雪，他一定会留下脚印的！”

阿加莎摇了摇头：“可惜的是，案发时雪还没停，所有的痕迹都被掩盖掉了。”

拉里懊恼地跺了跺脚。“该死，你说得没错。”他从露台探出身子往外瞧了一眼，“连一个脚印都没有！那我们现在怎么办呢？”

阿加莎再次对案发现场进行了仔细观察。除了被砸得粉碎的玻璃展示柜，其他一切似乎都完好无损。她悄悄留意了一下经理和礼宾员的反应：经理看起来确实很担忧酒店的状况，而礼宾员既没有作案动机，目前也没有任何指向他的线索。

“叮铃铃——”走廊里响起了电话铃声。

“是前台的电话。”杜普雷说。

“您去接吧。”阿加莎回答道。

礼宾员微微鞠了一躬，随即消失在了走廊里。

原本一直懒洋洋地在一旁踱步的沃森，此刻突然喵了一声。

“你怎么跑到那儿去了？当心点儿！”阿加莎急忙跑过去把她的猫抱了起来。这只西伯利亚猫这会儿正若无其事地在玻璃碎片上踱步。阿加莎抱起它，把它的小爪子一一检查了一遍。谢天谢地，小家伙柔软的粉色肉垫完好无损。

“你得看着点儿路呀！”阿加莎抚摸着它那长长的白色尾巴，温柔地责

备道。这时，她注意到，就在她抱起沃森的地方，地面上似乎有什么东西。

她放下小猫，俯身细看："拉里，快过来看！"

年轻的侦探跪在堂妹身旁。"这是什么？"他吃惊地问，"看起来像是一片粉红色的纸屑。"

"这不是纸屑。"阿加莎反驳道。说完，她用镊子夹起那片小东西，小心翼翼地把它放进了一只透明的小袋子里。

"这是一片花瓣。准确地说，是一片樱花花瓣！干得漂亮，沃森！"

"高山上怎么会有樱花？这花瓣又是从哪里冒出来的？"巴蒂斯蒂惊讶地问。

"我也还不知道，但这肯定是一个重要的线索。"阿加莎开心地把花瓣夹在了自己的笔记本里。

还没等他们弄明白这片花瓣的来历，杜普雷就气喘吁吁地冲了回来。

"各位，我们可能有了新的线索。监控部门的技术人员从监控记录中截取了一小段视频。这里面很有可能包含了盗贼的影像。”

拉里兴奋地挥舞起了拳头：“太好了，如果是这样，那这个案子就水落石出了！”

然而，和往常一样，他又高兴得太早了……

经理邀请大家到他的办公室一起查看视频。房间略显简陋，与酒店里其他地方的奢华风格形成了鲜明对比。房间四周的墙壁上装着简易的金属架，上面摆满了文件夹；办公桌看上去就是普通的写字台，实在算不上优雅。

经理在电脑前坐了下来，将存储着视频的U盘插入了电脑。几秒钟后，屏幕上播放起了黑白的画面。透过纷飞的大雪，隐约可以看见一扇大门。

“那就是奖杯陈列厅的推拉门，”经理指出，“我们看看接下来会发生什么……”

他们紧盯着屏幕，焦急地等着线索的出现。画面非常模糊，而且雪越下越大，有时鹅毛般的雪花随风飘舞，门看起来仿佛消失在了白色的漩涡中。

“快看，快看！”拉里激动地喊道。

只见推拉门被打开了。一个模糊的身影出现在了画面里，他穿着一件深色大衣，头上戴着连帽衫上的帽子，手里提着一个大袋子。

“糟糕，脸一点儿也看不清楚！”拉里抱怨道。

那个神秘的身影把袋子扔到了露台外，然后他翻过栏杆，抓起袋子扛在肩上，然后朝摄像头所在的方向走了过去。他们一直盯着屏幕，直到嫌疑人消失在画面中。

拉里叹了口气，失望地说：“又是一场空，什么都没看清。”

“别着急，拉里。也许还有别的线索。不好意思，经理，您能把视频倒退几秒吗？”阿加莎礼貌地问道。

经理把画面定格在了神秘身影完全出现在镜头里的那一刻。

“等一下，他脚上好像有什么东西……”拉里眯起了眼睛，“没错，像是穿了什么能在冰面上行走的装备……”

“是**冰爪**，”阿加莎总结道，“非常适合在结冰的水面上逃跑。比如我们从火车上看到的那一片结了冰的湖面。”

冰爪

冰爪是一种用于登山和攀冰的装备，通常安装在登山鞋的底部。它由多个锋利的金属爪组成，能够牢牢地抓住冰面或岩石表面，防止滑倒。

第三章

冰雕艺术

追逐嫌疑人的路途危险重重。

“你们知道吗?”奥丁讲述道，他重新跟侦探小队会合了，“几年前，圣莫里茨举办了历史上第一届冰上板球比赛。当时，有一位英国球员把车停在了湖中央，然而冰层还不够厚，湖面突然裂开，车子就这样被冰冷刺骨的湖水吞没了。”

拉里不禁打了个寒颤:“呃……希望我们不会落得同样的下场!你应该多少有点儿经验吧?”

“喂，你看不起谁呢？”奥丁装出一副生气的样子，“我酷爱冰雪。在发现冰的奥秘并开始着手做冰雕之前，我早就对它进行过深入的研究了。你尽管把心放在肚子里吧，我可以保证我们的车绝对不会重蹈那位英国球员的覆辙！”

于是，在奥丁的带领下，侦探小队开始朝着雪地前进，把帕拉塞尔苏斯酒店的观景露台远远地抛在了身后。他们计划沿着小偷的逃跑路线从酒店一直追到湖边。路程并不算太远，不一会儿，他们就隐约看到了那一片一望无际的冰面。行进过程中，他们必须时刻保持警惕。

周围人声鼎沸，到处都是游客，很多孩子在雪地里奔跑，好不热闹。暴风雪已经成了遥远的记忆，此刻人们只想尽情享乐。

“糟糕，即便嫌疑人留下了什么痕迹，这会儿这么多人来来回回，恐怕我们也找不到了！”拉里抱怨道。

“也许我们只需要更专注一点儿……看，那边地上好像有什么东西？”阿加莎跑到旁边的雪地里，捡起了一个长得像锤子的工具。只不过它那闪闪发光的钢制的锤头不是圆形，而是狭长的锥形，手柄是黑色的，上面缠绕着红色的防滑布条。

“看起来像是**攀岩锤**，”拉里说，“可我们需要这东西吗?”

“等一下，给我看看！”奥丁快步冲了过来，几乎是从阿加莎手中抢下了那件神秘的工具。

“这可不是什么攀岩锤！更不是用来钉钉子的。这是做我们这一行的必备工具。没有锤子

攀岩锤

攀岩锤是攀岩运动中的一种重要工具，通常用于在岩石上敲入岩塞或挂绳钉。它的头部一端是锤子，用于敲击；另一端是尖锐的镐头，用于撬动岩石或清理裂缝中的杂物。攀岩锤帮助攀岩者在陡峭的岩壁上找到稳固的支撑点，确保攀登过程的安全与顺利。

和凿子，我们这些冰雕艺术家可以说什么也干不了。它是用来雕刻冰雕的，只有像我这样的专业人士才会有这样的工具!”

“而且它够硬够尖，足以把玻璃展示柜砸得粉碎！”阿加莎冷静地分析道。

“你说得没错，阿加莎！”拉里瞬间激动了起来，“这看起来完全就是我们在寻找的作案工具。可它是谁的呢？不会是你的吧，奥丁?”

这一次奥丁真的生气了。“你怎么能这么说呢？我的锤子在这里，看清楚了没?”说着，他撩起荧光工作服，向拉里展示了一下他那条挂满各种工具的腰带。

“抱歉，抱歉……我不是这个意思！”拉里连忙摆手道歉。

“算了，”奥丁摇了摇头说，“总之，这件工具不是我的，但我知道它的主人是谁。”

“真的吗?”阿加莎问道。

这位冰雕艺术家点了点头：“看到手柄上绕成螺旋

状的红色布条了吗？这个标志一看就属于我的一个……一个同行，我们姑且这么称呼吧。他叫斯特兰·马德森，直到去年，他一直是公认的全世界最厉害的冰雕艺术家，现在他排名第二。”

“那第一名是谁？”拉里好奇地问。

阿加莎差点儿笑出声。

“远在天边，近在眼前。”她一边说，一边调皮地朝向奥丁眨了眨眼。

拉里打量了一下奥丁，这才反应过来。“哦，当然啦！”他挤出一个略显尴尬的笑容。

“言归正传，昨天我在湖边刻画冰雕，斯特兰就在我旁边，我亲眼看到他手里拿了一把跟这个一模一样的锤子！”

“一模一样？那肯定就是他了，毫无疑问！”拉里兴奋地欢呼道，“走，我们去把他抓起来！”

说完，他立刻行动了起来，深一脚浅一脚地踩着积雪朝湖边走去。

湖边聚集了很多人，有大人，也有小孩，他们戴着各式各样的帽子，裹着五颜六色的围巾，开心地在湖面上滑着冰。不远处的冰面上矗立着几座栩栩如生的冰雕：有一个**丰饶角**、一座古埃及金字塔，还有一个**洞穴巨人**。附近的滑冰者们纷纷驻足欣赏。

丰饶角

丰饶角出自希腊神话。传说中，丰饶角与宙斯的母山羊阿玛尔忒娅有关，羊角中能源源不断地涌出鲜花、果物和谷物，象征着丰收与富足。它广泛出现在西方雕塑、绘画和古典建筑装饰中，代表着大自然的慷慨馈赠和人们对美好生活的向往。

“这些是你的作品还是斯特兰·马德森的？”阿加莎问道。

“只有丰饶角是他做的，其他都是我的。”奥丁说，“我最喜欢的是洞穴巨人。我花了不少

洞穴巨人

洞穴巨人出自北欧神话，通常被描述为智力低下、相貌丑陋的食人怪物。他们居住在地下洞穴中，守护着地下的财宝和秘密。洞穴巨人在神话中常作为英雄的对手出现，象征着邪恶与贪婪。

功夫才雕刻出如此逼真的毛皮。”

“不过那个家伙好像不太喜欢，”拉里指着远处的一名男子说道，“因为他正在用手里的镐敲打你心爱的冰雕！”

奥丁猛然瞪大了眼睛：“那是……斯特兰！喂……快住手！”他大叫着飞奔了过去，把之前捡到的锤子扔给了阿加莎。

米斯特里兄妹也跟着追了过去，但奥丁一看到自己的冰雕被破坏，仿佛脚底生风一般跑得飞快：“住手，你这个混蛋！破坏狂！小偷！”

听到这位年轻艺术家的声音，正在搞破坏的斯特兰·马德森猛地转过身来。尽管隔得很远，但是阿加莎依然看到他脸色骤变，眼神里燃起了熊熊怒火。他把手里的镐一扔，径直朝奥丁走了过去。

“他没跑，一定是为了让我们以为他是无辜的。”拉里推测道，“但是我们绝对不会放过他。”

两个艺术家怒气冲冲地奔向对方，眼看就要打起来了。

然而，出人意料的是，他们在距离对方几厘米的地方停了下来。

这时，拉里气喘吁吁地赶了过来：“住手！我们已经知道了，偷走雪车的人就是你！”

斯特兰·马德森留着一头灰白的短发，胡子乱蓬蓬的，身上穿着一件绿色高领毛衣。

“你是谁？你在胡说什么？”他冷冷地盯着拉里问道。

“我叫拉里·米斯特里，是来自‘侦探眼’的侦探。我奉命前来抓捕盗走历史上第一台骨架雪车的罪犯。我们有证据证明您和犯罪现场有关联。”

斯特兰瞪大眼睛盯着拉里看了一会儿，然后指着奥丁挑衅道：“也姓米斯特里是吧？那你们就是亲戚。好吧，那我就有话直说了，如果这里有小偷的话，那这个人肯定就是奥丁！”

“我是小偷？那你倒是说说我偷了你的什么？”奥丁反问道。

“我的冰雕锤！肯定是昨天我和粉丝们讲话的时候你趁机偷走的！”

阿加莎清了清嗓子，打断了他：“抱歉，马德森先生，请问您的锤子是不是蓝色手柄的？”

“不是，手柄是黑色的，上面有缠成螺旋状的红色防滑布条！”马德森怒吼着，看上去马上要失去理智了。

“那这把应该就是您的吧？”阿加莎说着向他展示了刚刚在雪地里发现的物件。

“没错，就是它!”他惊呼道，“你说说看，小姑娘，你也姓米斯特里?你们俩都是奥丁的同谋?”

“我想这应该是个误会，马德森先生。不过需要给出解释的人是您。您的锤子为什么会出现在盗窃现场附近呢?还有，您刚刚为什么要破坏我堂哥创作的冰雕?”

“我怎么知道它为什么会出现在那里?肯定是你们故意放那儿的吧!至于奥丁的冰雕，砸了它们还算轻的了，就是因为他跟我耍花招，才导致我没办法雕出作品中的最关键细节!”

“别装了，斯特兰!”拉里又打断了他，“您诬陷奥丁，就是为了让我们相信锤子不是您丢的，但这只不过是您混淆视听的手段罢了。我劝您快点儿认罪吧!”

斯特兰摇了摇头:“如果我真是小偷的话，你觉得我还会在这儿等你们吗?你们来之前我已经在这儿砸冰雕砸了半个小时了!”

阿加莎把一只手搭在拉里的肩上:“他说得也有道

理。证据不足，我们还不能指控他。”

“可是他的锤子怎么会扔在犯罪现场附近呢?”拉里疑惑地问。

阿加莎轻轻摸了摸自己的鼻子：“也许那位真正的盗贼昨天趁斯特兰不注意偷了他的锤子，然后用它砸碎了展示柜……这确实是一件完美的工具。盗贼试图通过这种方法干扰我们调查的方向，把我们的注意力引向一个无辜的替罪羊。”

拉里暴躁地跺了跺脚，随即他意识到脚下是冰面，万一踩碎了……想到这里他不由得打了个寒颤：“唉，那我们接下来该怎么办？现在等于又回到原点了！”

“也不完全是，拉里。你忘了一个线索。”阿加莎说着，伸手从夹克口袋里拿出了她的笔记本，翻到了夹着樱花花瓣的那一页。

“天啊，我都忘了！”拉里感叹道，“可是我们能用它做什么呢？我完全不知道哪里能找到樱花……圣莫里茨有花店吗？或者草药店?”

斯特兰·马德森把锤子插回了自己的工具腰带上，然后朝着阿加莎伸出了手：“抱歉，小姑娘。能给我看一眼吗?”

阿加莎点点头，把花瓣递给了他。斯特兰把花瓣举到眼前，仔细观察了一会儿，然后又还给了阿加莎。

“我不想说些没有凭据的话，不过，据我所知，来这儿参加骨架雪车比赛的运动员中，有一位日本姑娘。她叫白星美奈子，算是新生代里面最强的选手。她之所以备受关注，除了战绩斐然，还因为她脖子里总是戴一个透明吊坠，里面保存着一朵樱花。”

第四章

花瓣之谜

奥丁和斯特兰还在继续讨论，阿加莎和拉里决定先行离开，忠实的管家肯特先生和顽皮的沃森当然也陪伴在他们左右。阿加莎转身看了一眼，发现两位冰雕艺术家已经开始有说有笑了，甚至还热情地握了握手。她脸上露出欣慰的笑容。说不定通过这次的误会，两个死对头反而会阴差阳错地变成朋友。

“所以，拉里，”离开湖边时，阿加莎问道，“‘眼线宝’上有什么关于白星美奈子的情报吗？”

“她……她……漂亮极了！”拉里结结巴巴地嘟囔着，脸上露出痴迷的表情。

“‘眼线宝’说她漂亮极了?”阿加莎故意取笑他说。

拉里这才如梦初醒：“什么？啊？不是，没有……‘眼线宝’知道的还不如斯特兰多。不过，我查到了她的社交媒体账号，你看!”

阿加莎立刻凑到了屏幕前。这位年轻运动员的账号主页上滚动播放着她最新的照片。女孩看起来应该比拉里稍大一点儿，每张照片都身着滑雪服，胸前都挂着那枚装有樱花的吊坠。

但最吸引他们眼球的是前一天刚拍的一张自拍照，因为拍摄的背景正是帕拉塞尔苏斯酒店的奖杯陈列厅。当时她背后的玻璃柜里还摆放着那台古老的雪车。照片旁边配有一段日文描述，通过即时翻译功能，阿加莎和拉里了解到女孩写的是：“这台雪车便是一切的起点。如果钢架雪车没有被发明出来，我今天又会在哪里呢?”文字后面还配上了一颗红色的爱心。

“毫无疑问，她就是真正的小偷！”拉里断言道，“真是可惜……她明明这么可爱……走吧，我们得去审一审这位漂亮的运动员了！”

“我倒觉得还不能下定论。”阿加莎若有所思地说。

根据“眼线宝”的提示，他们下一个目的地应该是**克里斯塔速滑赛道**，因为白星美奈子将在那里亮相青少年组的雪车比赛。

“从没听说过这个地方。”拉里坦言道。

“克里斯塔是世界上最著名的钢架雪车赛道，”阿加莎开始调用她那超强的“记忆匣子”，“它位于圣莫里茨和切莱里纳之间，人们在一道沟壑和一面冰墙中间

克里斯塔速滑赛道

克里斯塔速滑赛道是世界上最著名的雪车赛道之一，位于瑞士圣莫里茨附近。这条赛道专为骨架雪车运动设计，以其陡峭的坡度和高速滑行的惊险体验而闻名。自1885年建成以来，克里斯塔赛道吸引了无数雪车爱好者前来挑战。赛道全长约1.2公里，滑行时速可超过130公里，是冬季运动爱好者心中的圣地。

开凿出来了这条赛道。每年冬天这里都要进行重建。你能想象吗？直到几年前，女性都还不被允许在这条赛道上比赛。因为他们认为赛道太陡了，女性很容易受伤！”

“哇，原来钢架雪车这么危险啊？”拉里吓得咽了咽口水。

“运动员下坡的时候时速能达到一百三十公里呢！”阿加莎回答道。

侦探三人组来到了赛道的最高点，在这里，运动员们将趴在各自的雪车上俯冲而下，开启他们的比赛。赛道两旁挤满了观赛的粉丝，他们正热情地挥舞着各个国家的旗帜。

一位运动员像导弹一样嗖的一声从拉里和阿加莎面前疾驰而过。

“天哪，他们简直快得像闪电！”拉里惊叹道。

等候上场的运动员们都聚集在一栋标有“克里斯塔”字样的建筑内。阿加莎踮起脚尖，试图将视线越过观众，在人群中搜寻目标。

她看到了白星美奈子。这位日本姑娘身穿一件白色的紧身滑雪服，这会儿正拿着一顶红色的头盔往头上戴，这个配色显然是在向其国旗致敬。

“我看到她了！走，我们得过去找她！”阿加莎说。

于是，肯特先生利用自己的体格优势在前面开路，米斯特里兄妹紧跟在他后面，成功挤到了场馆等候区的入口处。他们试图假装若无其事地溜进去，不料却被一个挂着胸牌、留着浓密的八字胡的工作人员拦住了。

“只有运动员允许入内。”他严厉地说。

“我们有急事，十万火急！”拉里努力争取道，“我们有很重要的事情要谈！”

胡子先生摇了摇头，又重复了一遍：“抱歉，没有例外。只有运动员允许入内。”

阿加莎一把将拉里推到了前面：“可是他就是运动员啊！他现在就想报名参赛。可以吗？”

工作人员从上到下打量了拉里一番，他皱着眉头，疑惑地翻了翻手里的参赛人员登记册：“这种情况很少见，不过比赛规定里也没有明确禁止运动员最后一刻报名参赛。请问要登记谁的名字？”

“拉里·米斯特里。”阿加莎回答道。

“阿加莎，你确……确定……吗？我意思是说，你看到他们速度有多快了吗？”

“加油，拉里！”阿加莎小声对他说，“报了名又不是说你要动真格地跟他们较量。你的目标是接近美奈子，然后逼她说出真相。再说了，你从小到大跟你爸爸比过那么多次雪橇比赛，这个赛道对你来说肯定是小菜

一碟!”

拉里迈着忐忑的步伐走进了场馆。阿加莎顺着坡道下到观众席，一眼就在人群中看到了肯特先生。

“拉里少爷要参加比赛吗?”管家问道。阿加莎正忙着观察场馆里面的进展，并没有做出回答。

“五十三号，白星美奈子，请就位!”这时，广播里宣布道。

“糟糕……已经轮到美奈子出场了,”阿加莎失望地说,“拉里才刚进去，肯定还没来得及跟她说上话。”

“所以他不会出现在赛道上了?”肯特先生说。

“拉里?别开玩笑了!”阿加莎笑着说,“他本质上跟他爸爸也差不多，只要一闻到挑战的气息，就会忍不住扑上去，不管最终代价如何。走，咱们去终点等他吧。”

于是，阿加莎、肯特先生和沃森急忙顺着赛道往下走，赶往设在山谷里的终点。突然，他们听到身旁观众激动地欢呼起来。

“肯定是美奈子刚刚从我们身边飞驰而过!”机灵的

阿加莎猜测道，“快点儿，不然我们就赶不上目睹拉里到达终点的时刻了！”

几分钟后，他们终于气喘吁吁地抵达了终点区。美奈子这会儿正对着递过来的话筒滔滔不绝地讲着，嘴里呼出一团团白色的雾气。她摘下了防护头盔，露出乌黑的长发，脸颊因为刚刚运动完而微微泛红。

旁边的观众不停地欢呼、鼓掌，兴奋地挥舞着手里的国旗。

阿加莎看了一眼计分板，美奈子排名第一！没有人比她滑得更快。

“现在出场的是九十九号选手，拉里·米斯特里。”

“轮到我们的人上场了！”肯特先生的语气里带着些许激动。跟拉里一样，他一遇到体育赛事也会忍不住热血沸腾。毕竟，作为一名退役的职业拳击手，他也深谙挑战给人带来的感觉。

“加油，拉里少爷！”管家洪亮的声音响彻云霄。

不过，拉里这会儿还不见踪影。这很正常，他还需要一点儿时间才能进入最后的直道。

然而，令人费解的是，过了一会儿，赛道两旁的欢呼声逐渐平息，一种奇怪动静随之变得越来越响——类似于嚎叫声。不对，更准确地说，是惨叫！

“啊！啊啊啊！”拉里的尖叫声真切地传到了阿加莎和肯特先生耳朵里。最后，他们也看到了他。他以飞快的速度歪歪扭扭地冲了过来，一边下落，一边不停地撞击着赛道两边的围栏。距离终点还有一百米左右，但是他用的时间已经超过了所有人。最后，拉里以一个壮观的翻滚动作冲过了终点，他身下的雪车则像失控的子弹一样飞了出去。

拉里蹒跚着站了起来，看上去神情还有些恍惚。

“拉里！拉里，我们在这里！”阿加莎大声喊道。

拉里摘下和雪车一起借来的头盔，跟她打了个招呼。

阿加莎指了指旁边正准备登台领取金牌的美奈子，拉里立刻清醒过来，他跑过去打开隔开观众和运动员的栏杆，阿加莎迅速地溜了进去。

“你还好吗，拉里？”

年轻的侦探揉了揉自己的腰：“哎哟，还可以吧。我表现得如何？”

“好极了！”阿加莎撒了个善意的谎言，“你来得正是时候，正好可以赶在美奈子被庆祝活动困住之前去向她提问。”

拉里忍着疼痛，一瘸一拐地跑到了冠军身边，阿加莎也紧随其后。

“美奈子小姐？我是拉里·米斯特里。”男孩怯生生地自我介绍。

美奈子仔细打量了他一番，脸上露出了笑容：“嗨，你好，你是刚才最后一个到终点的那位……不过没关系，重要的是将我们大家联系在一起的这份热爱。很精彩的比赛！”

“热爱……当然，没错！”

阿加莎注意到拉里眼神迷离，眼里满是仰慕之情，于是她轻咳了一声，提醒了堂哥一下。

“言归正传，”拉里终于恢复了一丝清醒，“很抱歉，但我已经知道了你的所作所为。我建议你还是自己承认吧。”

美奈子不自觉地眯起了眼睛：“我做了什么？”

“你犯了盗窃罪，我们已经掌握了证据。真想不到你会做这种事情。”拉里阴沉着脸回答道。

“我听不懂你在说什么。我觉得你肯定是刚才在下坡的时候撞到了脑袋。”日本女孩语气突然变得冷漠起来，毫不客气地回敬道。

正当她准备转身离开时，阿加莎跳了出来，她拿出那个装有樱花花瓣的小袋子，递到了美奈子面前。

“昨天夜里，历史上第一台钢架雪车被盗了。我们在被砸坏的展示柜玻璃碎片中发现了这个。它看起来和你项链吊坠里的花瓣一模一样。”阿加莎解释道。

“什么？雪车被盗了？这真是个糟糕的消息！”美奈子惊叫道。

“别演戏了，拜托。”拉里打断了她，“这个花瓣证明你当时在现场。另外，我们在你的社交媒体主页看到了你对雪车的热爱。为了得到它，你肯定什么都愿意做！”

美奈子看上去震惊极了：“你们说得对，我确实非常热爱雪车。但是正因为如此，我做梦都不会想要把它偷走。请问你们到底是谁?”

面对这个问题，拉里不由自主地准备挺起胸膛，然而肋骨一阵刺痛，他立刻放弃了。

“我叫拉里·米斯特里，是来自‘侦探眼’的侦探。她是我的堂妹阿加莎，未来的推理小说家。”

“我能帮上什么忙吗?”美奈子问道，“一想到有人偷走了雪车，我就气得不行。它本该属于所有人，更重要的是，它可以激励未来更多的运动员踏上赛道。”

“那就先告诉我们樱花花瓣为什么会出现在盗窃现场吧。”

“我真的不知道。”美奈子回答说。

拉里摇了摇头，表情沮丧得像是刚被甩了一样：“像你这样的一位女孩……谁能想到呢。如果你真的跟这事无关，那就请你告诉我你的项链现在在哪里。我敢打赌你在逃跑时弄丢了。”

美奈子把手伸到运动服下，掏出了一条挂着吊坠的项链，里面的花瓣都完好无缺。

“如你所见，我确实跟这件事没有任何关系。”

第五章

歌星的秘密

“我们又走进死胡同了。”拉里哀叹道。方才的兴奋劲儿现在已经变成了彻头彻尾的沮丧。雪上加霜的是，他的肚子突然发出了一阵响亮的咕咕声，拉里感到尴尬极了，连忙用力按住了腹部。

“我比赛比得都饿了，”美奈子笑着替他解围，“颁奖仪式结束后我们一起去吃顿美味的**芝士火锅**怎么样？我也许能助你们一臂之力！”

“乐意之至！”阿加莎应声道。

芝士火锅

芝士火锅是瑞士的传统美食，以其浓郁的芝士风味和独特的食用方式而闻名。制作芝士火锅时，将多种芝士与白葡萄酒、大蒜等调料混合加热，直到芝士完全融化。然后用面包蘸取热乎乎的芝士，搭配新鲜的水果和坚果一起享用。芝士火锅不仅是美食，更是瑞士冬日聚会中不可或缺的温暖体验。

他们暂时跟美奈子告别，看着她在一片热烈的掌声中走上了领奖台。那位留着八字胡的工作人员把金牌挂在了她的脖子上，与此同时，喇叭里响起了国歌，年轻的雪车冠军闭起眼睛，一只手在胸前，虔诚地聆听着熟悉的旋律。

转眼之间，侦探小队和美奈子已经坐在了一家餐厅的露台上，餐厅的房间用木头和石头建造而成，非常漂亮；从露台上还可以欣赏湖面的美景，千里冰封的画面十分壮观。

拉里翻看着菜单，脸上写满了不可思议："这地方虽然很乡村风，但是价格却堪比米其林餐厅！"

"要知道，圣莫里茨可是一个超级高档的地方，亲爱的同行，"美奈子说，"你们爱吃什么尽管点，感谢雪

橇和钢架雪车联合会，我们的午餐都是由他们赞助的。”

“说到联合会，”阿加莎立刻抓住机会询问起来，“是他们联系‘侦探眼’来调查盗窃案件的吗？如果是的话我们想找他们了解一些情况。”

“这个嘛，我猜他们应该毫不知情，否则我肯定早就听到风声了。我们这个圈子很小，消息会传得很快。”

这时，服务员端着一个精致的托盘走了过来。他点燃了桌上的小炉子，然后把一口装满了芝士的锅子架在了上面。

“闻着好香啊!”拉里忍不住欢呼起来，他馋得口水都快兜不住了。

“如果我没记错的话，”阿加莎打断了他，“吃芝士火锅得用这种特制的叉子把面包叉起来，然后浸到锅里蘸满融化的芝士……嗯——真是美味极了!”

拉里试图模仿阿加莎的动作，但是贪吃的他一不小心把芝士溅得到处都是，美奈子在一旁看得目瞪口呆。相反，肯特先生则保持着一如既往的优雅。

半小时后，拉里惬意地靠在椅背上，心满意足地拍了拍肚子:“啊啊啊，好饱啊。太好吃了!”说着，他不由自主地哼起了小曲。

突然，一个机械的播报声从他口袋里传来:“歌名 *I Want Only Love*，是九十年代流行音乐巨星戴蒙德·邦妮的金曲。”

“啊，糟了！声音识别软件一定是在我参加雪车比赛

的时候又被启动了。”拉里一边解释，一边拿出他的“眼线宝”摆弄起来。

“你刚才哼的曲子，”阿加莎若有所思地说，“好像就是杜普雷在失窃案发生时听到的口哨声……”

“这倒是很有意思，”美奈子也想到了一个细节，“昨晚我还收到了戴蒙德·邦妮在圣莫里茨的演唱会的邀请函呢！不过我没去，因为我得为今天的比赛养精蓄锐。”

“这不可能只是巧合。”拉里分析道，“我们必须立刻找到这位歌星。她会在哪里呢？”

阿加莎抱起沃森，轻轻摩挲着它的耳后：“让我想想看，一位四处演唱自己的经典歌曲的暮年歌星，我觉得她肯定会不遗余力地去做美容和保养，好让自己看起来依然年轻。因此，我敢肯定，如果她还没有离开圣莫里茨的话，我们可以在温泉中心找到她！”

于是，侦探小队热情地告别了美奈子，直奔下一个目的地。

他们换上了温泉中心提供的泳衣、浴袍和拖鞋，来到了温泉区。

戴蒙德·邦妮果然在这里。她懒洋洋地躺在躺椅上，戴着一副夸张的太阳镜，皮肤晒得黝黑，穿着一套引人注目的豹纹泳衣。她手腕上戴满了金镯子，正捧着一杯装饰着小纸伞的饮料。

这位歌星旁边还坐着一位黑头发的年轻女子，她扎着马尾，身穿职业套装，正紧皱着眉头，专心致志地在笔记本上办公。

“她怎么不穿泳衣啊?”拉里问道。

阿加莎沉默着，看起来若有所思。

三人组没有马上行动，而是在旁边等了一会儿。就在他们犹豫不决时，戴蒙德·邦妮突然把墨镜拉到鼻尖，朝着他们瞟了一眼，然后，她的目光落到了肯特先生身上，因为他那魁梧的身材几乎要把浴袍给撑破了，显得十分尴尬。

“不用害怕!”歌星挥了挥手，招呼他们过去，“我向来喜欢和我的粉丝们聊天。”

肯特先生抓住机会，立刻恭敬地向她鞠了个躬，并轻轻吻了一下她的手背：“邦妮小姐，我可是您的忠实粉丝。我年轻时整天都沉醉在您那些金曲的动人旋律中。”

“哇，那您昨晚肯定在火花俱乐部的演唱会现场玩得很开心吧！”她眨着长长的睫毛回应道。

“我无比希望能去现场……”管家回答说，“可惜遇到了暴风雪，我没能及时赶到。”

“真遗憾，昨晚是名副其实的狂欢之夜。现场人山

人海。后来雪下得太大，我们走不了，所以干脆一直唱歌跳舞，嗨到了天亮!”

“整晚都没出俱乐部?”阿加莎趁机问道，“您一直待在舞台上?”

“那肯定的！粉丝们的热情会带给你无限的能量，这时候你是很难停下来的！”说着，她朝肯特先生抛了个媚眼，“当然，累也是真的累。我的嗓子现在比以前更容易感到疲劳了。不过，他们跟我说这种饮料对保护声带有奇效。除此之外，我显然还需要一位专业的按摩师来帮我放松手腕。昨晚我签了无数张黑胶唱片和CD，手都快累断了。您的双手倒是看上去很有力量，这位先生您叫……?”

“肯特，随时愿意为您效劳。”这位前拳击手镇定地回答道。

“达莉亚,”邦妮转头对助手说,“要不你去做我之前交给你的任务吧？我正好和这位新朋友聊几句。”

“没问题，夫人。”达莉亚答道，说完，她立刻拎起一只大包，朝更衣室走去。

“她是我的助理，”戴蒙德·邦妮笑了笑，露出一口白得不真实的牙齿，“没有她我真不知道该怎么办。”

阿加莎目送达莉亚离开，然后悄悄地朝拉里做了个手势。

“这样的话，叔叔，”她对肯特先生说，“我和拉里去按摩池那边体验一下。咱们过一会儿再见?”

“没问题!”管家和小主人配合得天衣无缝。

就这样，米斯特里兄妹把肯特先生留在了歌星的“魔掌”之下。

“可是，阿加莎！我们连一个问题都还没问呢！这算什么啊!”拉里抗议道。

“问她也是浪费时间，亲爱的拉里。关于昨天晚上的情况，她大概率说的是实话。因为如果在开演唱会，那她站在舞台上，成百上千个人都能看到她。我反倒觉得应该跟踪她的助理。”

“为什么?”

“你没注意到邦妮跟她说话的方式有点儿不一样吗？你看她对我们多健谈啊！我敢打赌现在她正在滔滔不绝地折磨可怜的肯特先生。但是在跟达莉亚说话时，她却变得……”

“……含糊其辞！”拉里恍然大悟，猛地把一只拳头撞向另一只手的手掌，“你说得没错！所以我们接下来并不会去体验按摩池对吗？”

“是的，我们要去跟踪她的助理。”

来到更衣室前，他们发现男士和女士的更衣室是分开的。

“呃……我应该只能走到这里了。”拉里嘀咕着。

阿加莎环顾四周，发现左右两侧的更衣室之间隔着一条阴暗的走廊：“等一下，走廊尽头有一扇门。”

他们迅速走了过去，发现门上有一颗星形标志，上面写着“戴蒙德·邦妮”。

“我就知道她应该有自己的专属化妆间，毕竟这样才符合她作为歌星的身份。”阿加莎分析道，“现在我们必须保持绝对安静。”

她按住门把手缓慢地往下压，确保不发出任何声响，以免被歌星的助理察觉。门把手转到底以后，她轻轻地把门往外拉开了一点，露出一条缝隙。跟在她身后的拉里也探出头来。

只见达莉亚坐在桌前，背对着他们。桌旁摆着一堆东西，看不清具体是什么。

“我可怜的手腕啊，这个该死的女人！”助理抱怨着。阿加莎看到她的右手伸向旁边，从那一堆东西中抓出一个，随后再用左手把它扔进包里。

这会儿侦探们终于看清了，那是一堆 CD 外壳。戴蒙德·邦妮的照片印在白色的封面上，每张照片下方都有几道醒目的涂鸦。

“‘这里是我的粉丝，那里也是我的粉丝。’哼，如果他们知道这些签名都是我伪造的……”达莉亚一边涂画，一边喃喃自语道。

原来如此！那不是涂鸦，而是签名！伪造的签名！

阿加莎抬头看向拉里，他们心照不宣地对视了一下，然后轻轻关上门。

拉里长舒了一口气：“我刚刚真的很怕会被她发现！”

“我们表现得好极了！”阿加莎总结道，“不过，戴蒙德·邦妮和达莉亚看起来应该跟雪车失窃案没有关系。她们唯一的秘密就是那些假签名而已。”

第六章

证据确凿

米斯特里兄妹回到帕拉塞尔苏斯酒店时，已是傍晚时分。肯特先生也总算摆脱了戴蒙德·邦妮的纠缠——接到拉里和阿加莎的暗号后，他立刻匆匆跟那位歌星告别，躲回了豪华套房里。

“这个任务真是太累人了，还不如让我上擂台对阵十个重量级拳手更轻松呢！”他一边松开领带结，一边抱怨道。

“对不起啦，肯特先生，”阿加莎道歉说，“不过，你表现得还是一如既往的完美!”

拉里扑倒在床上，沮丧地叹了口气：“他表现得完美，而我们却又竹篮打水，白白浪费了这么多时间!”

“别灰心！”阿加莎鼓励他说，“我们确实连续调查了三个线索都没有什么收获。但你知道吗？你所说的浪费时间，也许事实上正是我们目前最关键的线索。”

拉里把脑袋从枕头上抬了起来：“呃……这话是什么意思?”

“你想想看，根据在案发现场找到的线索，我们先后按着三条看似有希望的路径进行了调查。首先是斯特兰的锤子，然后是美奈子的花瓣，最后是邦妮的曲子。结果就是我们花了一整天的时间来追查错误的线索。”

“我刚刚不就是这么说的吗?”拉里越来越摸不着头脑了。

“没错！你说得非常正确。很显然，真正的盗贼故意布下了这些虚假的线索，以此来拖延我们的时间。这才是他真正的目的。”

“那他的目标是什么呢?”拉里追问道。

“我们浪费的时间越多，他的时间就越充足，也就越容易从容脱身。而且，他可能还希望通过让我们一次又一次地希望落空，来打击我们的士气。”

拉里把脸埋在手里，深深地叹了口气:“唉，我确实有点儿被打击到了。”

“加油，别泄气！要不我们再去案发现场看看吧?我相信那里一定还有没被发现的新线索……”

拉里虽然不太情愿，但还是从床上爬起来，跟着阿加莎朝电梯走去。

到达奖杯陈列厅时，他们看到工作人员已经用红白警戒带把入口封了起来。门外则聚集了一群穿着滑雪服的人。他们立刻认出了当初在克里斯塔赛道执勤的那个胡子男。

“快看，拉里，”阿加莎说，“这些人应该就是雪橇和钢架雪车联合会的成员。我怀疑是美奈子泄露了雪车被盗的消息。”

人群中还有一个熟悉的身影——酒店经理。这个可怜虫忙得不可开交，不停地在跟各位成员道歉。

看到两位年轻的侦探，他就像抓住了救命稻草一般，立刻迎了上来。

“你不就是今天比赛垫底的那个选手嘛！”胡子男认出了拉里。

“我也是来自‘侦探眼’的侦探。”拉里略带自豪地回答道。

“希望你在放大镜下比在雪车上表现出色！”胡子男戏谑道。

“我已经在世界各地破获了几十起案件。目前这个案子也马上水落石出了！”拉里感觉自尊心受到了冒犯，立刻为自己辩护道。

他没等对方回应，直接拉起阿加莎，从警戒带下方钻了进去。

奖杯陈列厅跟他们上次离开时没什么两样，展示柜破碎的玻璃也依然散落在地上。

“来吧，现在我们就对这个房间展开地毯式搜索！”阿加莎充满干劲地提议道。

说完，他们立刻行动了起来。两个人趴在地上，一块地板、一块地板地检查了个遍，但是没有找到任何松动的迹象。紧接着，他们又查看了沙发底下，甚至还把靠垫移开，检查了靠背后面的墙壁——同样也没发现任何异常。

“我的老天……还是毫无收获！”拉里无奈地抱怨道。

“别着急，我们还得检查摆在架子上的奖杯，然后还有挂在墙上的照片和剪报。”阿加莎鼓励他说。

拉里叹了口气，又继续干起活来。他们把奖杯和奖牌都翻了一遍，也没有找到什么有用的线索。接下来只剩相框了。相框里展示的都是拍摄于十九世纪末至二十世纪初的黑白照片，记录了圣莫里茨体育发展史上的重要时刻，其中有相当一部分都是为了纪念这座瑞士小镇于一九二八年和一九四八年主办的冬奥会。

“以前的运动员看起来真的挺搞笑的。”拉里看着照片里他们简陋的服装和粗制滥造的装备评论道。

装裱起来的那些报纸剪报跟照片基本属于同一年代，记录了运动员们在滑雪、滑冰，当然还有钢架雪车领域的辉煌成就。

“我感觉有点不对劲儿……”阿加莎突然说，她把脸凑到墙面上的一块空白区域前，仔细端详了起来。

“喂，我说阿加莎，你再靠近一点儿整个人都要钻到墙里去了。”拉里咯咯地笑了起来。

“你也来看看。怎么样，有没有发现什么？”

拉里摇了摇头：“这看上去就是一堵普通的墙啊！”

“你再仔细看看，这里的颜色是不是不太一样？和其他地方有轻微的色差。”阿加莎解释道。

拉里又认真瞧了瞧：“还真是！这里有一块浅色的长方形区域，就像是……”

“没错！感觉就像是有人从这里拿走了一幅相框。今天早上巴蒂斯蒂送给我们的宣传册你有带在身上吗?”

“带了!”拉里立刻把小册子递给了阿加莎。

宣传册上印有一张奖杯陈列厅的照片，阿加莎的目光立刻锁定了目标:“看，这就是我们面前的这堵墙……”

“有一张剪报不见了。阿加莎,你真是个天才！可是它去哪儿了呢?”

“亲爱的拉里，我怀疑它跟这个案件有关。很可能是被小偷拿走的，说不定是因为那张报纸上有透露小偷身份的线索。走吧，我们去找酒店经理问问看!”

于是，他们匆匆离开奖杯陈列厅，又一次把巴蒂斯蒂从联合会成员们无休止的盘问中解救了出来。

经理带着米斯特里兄妹来到了他的办公室。听到剪报失踪的消息，他表示很惊讶:“我都没有注意到，居然连剪报也被偷了。”

“这东西很值钱吗?”拉里忐忑地问道。

“根本不值钱，跟墙上挂着的其他藏品一样。你们知道为什么吗？因为这些都是复制品。原件都被我保存在这里了！”

说着，巴蒂斯蒂拿出一把小钥匙打开了一个金属柜。他从里面取出一个厚重的文件夹，啪地一下放在了桌子上。扑面而来的灰尘把拉里呛得直咳嗽。

“好了，现在让我们来看看……如果没记错的话，被拿走的相框对应的编号应该是4B。喏，在这儿呢，都交给你们了。希望这个能帮你们找到雪车的下落！”

“我们会尽力的。”阿加莎试图给他点儿信心，“相信我们，您很快就能摆脱联合会那帮人的骚扰了！”

阿加莎接过报纸，立刻埋头阅读起来。这是一八八三年的一份《恩加丁纪事》报，保存得非常完好。整版报纸共有六栏，上面满是密密麻麻的文字。阿加莎很快就被刊登在第一页左侧的一则消息吸引住了，这篇报道的标题是《对话现代钢架雪车发明者》。

“你听，拉里，”阿加莎大声复述着报纸上的内容，“这里讲到记者采访了现代钢架雪车的发明者查尔德先生。”

“这个我们早就知道，不是吗?”

“没错！但是文章里还提到了另外一个名字。采访过程中，记者问查尔德，有传言说有个叫休·格拉瑟的人也对雪车的发明有所贡献，这是否属实。查尔德回答说格拉瑟的言论

纯粹是出于嫉妒，根本不值一提。”

“听着倒是很有意思，”拉里评论道，“可是……这些信息对我们来说有什么意义呢？这两位先生早就不在人世了。”

阿加莎默默地思考了一会儿。随后，她转身询问经理能否让她看看宾客们的登记记录。

“当然可以，小姐，我这就去拿。”巴蒂斯蒂说完就走了出去，把阿加莎和拉里两个人留在了办公室里。

“阿加莎，你葫芦里卖的什么药？你该不会以为偷走雪车的是……格拉瑟的幽灵吧？”拉里忍不住打了个寒战。

“我可没有你这么丰富的想象力，”阿加莎笑着说，“你知道的，我更多的是依靠我的记忆力。刚才我想起来一个细节。由于暴风雪的缘故，今天早上进出圣莫里茨是相当困难的。所以，小偷逃走的概率很低。至少在我们乘私人飞机到达前是这样的……你难道不觉得当时有个人看起来特别着急离开吗？”

拉里回想了一下："好像确实是，当时有个男的在我们下来以后登上了飞机，一副毫无耐心的样子。"

"没错！"阿加莎兴奋地叫了起来，"而且，今天早上酒店里正好有一间套房空了出来……"

"呃，你的意思是……"

"……直到几个小时之前，小偷一直住在我们现在的房间里！"阿加莎心满意足地得出了结论。

"可是，我们怎么才能知道他是谁呢？"

"我记得，亲爱的堂哥，在你撞到那位神秘旅客时，你'眼线宝'里的声音识别软件应该是在运行的。"

"没错，是开着的，但是奇怪的是当时它并没有发出声音。"

"当时声音很多，还有沃森在到处乱跑，或许你可以试着清理一下录音……记得一定要把音量调小一点儿，我可不想在时机成熟之前让酒店经理听到所有的内容。"

拉里立刻拿出"眼线宝"鼓捣起来。他将那位陌生男子的声音从周围环境的声音中分离了出来，然后重新进行扫描，同时将音高、音量和音色参数同时调高。

当看到显示在屏幕上的名字时，拉里简直目瞪口呆："天哪……那么……这个案子已经破了！"

"只能说是差不多了，拉里。破案之前还有一个惊喜在等待着我们。更准确地说，是三个。我们现在就去找酒店经理，把调查案件的过程中遇到的所有人都召集起来。"

第七章

陷阱之网

帕拉塞尔苏斯酒店的会议厅看起来毫不逊色于大楼里的其他房间。里面摆放的座椅是麂皮材质的，胡桃木的桌子长得看不到头，天花板上悬挂着精致的黄铜吊灯。墙上固定着一块巨大的白色幕布，可以用来投放电影、演示文稿和视频。

阿加莎和拉里注意到在场所有人的目光都齐刷刷地落在他们两个身上，空气中弥漫着一丝不耐烦的情绪。

斯特兰·马德森率先开口了，语气还是一如既往的

咄咄逼人。

“为什么要让我来这里？”他咆哮着，“我早就跟你们说过了，我跟雪车的失踪没有任何关系！”

“和我也没关系。”歌星邦妮小声附和道。她一早就主动地坐到了肯特先生身边，绅士的管家也趁机向她讲述了当前案件调查的情况。

“拜托你们告诉我雪车已经找到了！”美奈子一边

说，一边忍不住咬起了自己的指甲。

阿加莎来到会议厅主讲台前站定：“大家先冷静一下。首先，我们有一个好消息要宣布：小偷的身份已经查明了。”

“很好，所以一切都解决了，不是吗？那我现在就可以走了。”斯特兰说。他刚要起身，奥丁一把拉住了他的胳膊。两个人斜着眼睛瞪着对方，仿佛展开了一场无声的较量。最后，奥丁占了上风。

阿加莎清了清嗓子，接着说道：“正如我刚才所说，我们已经知道了小偷的身份，但是与此同时，我们也了解到在座的各位都脱不了干系。美奈子、斯特兰、邦妮……你们或多或少都有插手此案。”

“我无法容忍这样的侮辱！”歌星愤怒地反驳道，“你这位侄女真是太不知礼数了！”她转身对肯特先生说。

“您先不要激动，”拉里试图安抚她说，“我堂妹并没有说你们有罪，她只是说你们跟这个案子有关。”

“哦，是这样吗？那就拿出证据来啊！”斯特兰毫不客气地挑衅道。

“那就如您所愿，我先从您开始说。”阿加莎冷静地回应道。“我和拉里最初以为小偷是从结了冰的湖面上逃走的。从帕拉塞尔苏斯酒店去往湖边的路上，我们发现了一把小锤子。我们的堂哥奥丁立刻认出那是马德森先生的工具。然而，在我们的一再逼问下，马德森先生却声称他的工具在前一天被偷了。从他的表现来看，他的证词似乎非常可信。”

“我可以确认，”马德森猛然站起身来，“事情确实如此。”

“然而，马德森先生，您出现在圣莫里茨这件事情本身就存在疑点。拉里做了一些调查后发现，这座城市每年只会邀请一位冰雕艺术家来创作冰雕作品。往年您曾经作为特邀嘉宾来过这里，今年轮到奥丁了。”

“那又如何?”

“马德森先生，您的出现并不在计划之中，而且您更不应该出现在湖边，与收到合法邀请的艺术家奥丁一起创作冰雕。但是您还是忍不住来了，因为您被竞争冲昏了头脑，无法接受被人超越的事实，”阿加莎接着说道，“如果有人将此事泄露出去，您的名声恐怕很难不受影响吧?”

听到这里，斯特兰·马德森又坐回了座位。这一次，他沉默了。阿加莎注意到他的嘴唇在微微地颤抖。

“马德森先生，我怀疑小偷已经知道了您这个秘密，所以以此来要挟您。为了守住秘密，您不得不帮着小偷来干扰我们的调查方向。是您亲手布置了假的线索，对吗?”

这位冰雕艺术家嘴巴张张合合，但是一个字也没能说出来。这会儿所有人的眼睛都在盯着他。

“很显然，我们的小偷并不满足于只设置一个陷阱,”阿加莎接着分析道,“于是，很快，樱花花瓣的发现就把我和拉里的注意力引向了白星美奈子。对了，首先恭喜你以精彩的表现赢得了比赛。”她面带微笑看向了那位日本运动员，对方也礼貌地笑了笑，但脸上却流露出一丝歉意。

“你的比赛中有一点让我感到很惊讶，美奈子。你的速度非常快，远超所有的对手。我先是去看了你所在的青少年组的平均成绩。然后我又去查了成年组的成绩。如果放在成年组，即使你发挥出个人最好的成绩，也无法保证能拿到金牌。所以我就在想：如果小偷拿马德森先生不合规的出现来要挟他，那么他会找到什么把柄来威胁你呢？”阿加莎目光定定地看着美奈子质问道。

一颗晶莹的泪珠从这位冠军的脸颊滑落。

“喂，你能不能不要对她这么凶啊?”拉里小声对阿加莎说。

“也许……让我来猜猜看。你隐瞒了自己的真实年龄?”

美奈子点了点头，忍不住放声大哭起来。

跟她隔了几个座位的戴蒙德·邦妮立刻递过来一张纸巾。“别哭，亲爱的，流眼泪会长皱纹的。”歌星安慰女孩说。

“这就是为什么美奈子会答应送给小偷一片樱花花瓣。她有许多这样的花瓣，毕竟她的吊坠里总放着一朵新鲜的樱花。所以，送出一片花瓣也没什么大不了的。”阿加莎接着说道。

“是这样的，但我并不知道对方的目的是偷走雪车。”美奈子辩解道。

阿加莎点了点头，继续她的推理：“至于戴蒙德·邦妮嘛，我们已经不需要她再坦白些什么了。”

“没错，因为我没什么可坦白的！”邦妮立刻反驳道，她说话的音量瞬间高了一个八度。

“可是我们已经看到你的助手达莉亚在唱片上伪造签名了。对于一个总爱宣称自己多么在乎粉丝的歌星来说，这可是个天大的秘密！”

邦妮顿时无言以对。

“另外，我们还查了你的巡演日期，今天你本该在巴黎演出，但是却留在了这里。我猜是小偷让你留下的。”

“他是那么温柔，真是一位优雅的绅士……”邦妮喃喃自语道。

到这里为止，很显然三位嫌疑人确实都在这个案件中扮演了一定的角色。

“我们会面临什么惩罚？”美奈子忐忑不安地问。

“不会有任何惩罚。”阿加莎回答道。

美奈子抬起头，有些不敢相信。

“正如我之前所说，你们只是被迫参与其中，”阿加莎解释道，“并没有构成犯罪。在小偷的胁迫下，你们不得不帮了一些小忙，但是并不了解背后的真相。直到最后你们才意识到，小偷之所以需要你们的协助，居然是为了偷走珍贵的钢架雪车。”

“小偷究竟为什么要把我们牵扯进来呢?”斯特兰疑惑地问道，“还有，这个人到底是谁?”

阿加莎故意停顿了一下。“你们其实都见过他，只是不知道他的名字罢了。”她说，“我们来按顺序说吧。小偷在得手后想尽快离开圣莫里茨，但不幸赶上了暴风雪，他一时不知道该怎么办。清晨时分，道路难以通行，航班也都取消了。幸运的是，后来我们出现了，还带来了一架私人飞机。”

“所以你们遇见他了？”戴蒙德·邦妮这会儿已经完全被这侦探小说般的案情吸引住了。

“与其说遇见，不如说是‘撞见’。”阿加莎幽默地回答道，“就在舷梯上，但当时我们都不认识他。后来我们才意识到，联系‘侦探眼’报案的人正是他自己。这也说得通，因为酒店和联合会都没有给‘侦探眼’打过电话。他想出了一种完美的脱身方式：当我们焦头烂额地调查案件时，他反而舒舒服服地坐着飞机回到了伦敦，把赃物藏到安全的地方。”

“那你们是怎么发现他的身份的？”歌星又沉不住气了。

“小偷从奖杯陈列厅里拿走了一份剪报，那篇文章讲到了现代雪橇运动发明者查尔德和一个名叫休·格拉瑟的人之间的争议。”

酒店经理默默点了点头。

“如果不是拉里的帮助，我们很难将一个生活在一百年前的人的姓名和今天在舷梯上遇到的陌生人联系起来。多亏了这位出色的侦探！”阿加莎微笑着看向拉里，继续讲述道，“拉里的‘眼线宝’当时正好录下了那名陌生男子的声音。在对录音进行降噪处理后，我们得出了答案。”

“什么答案？那人叫什么？到底是谁偷走了雪车？”美奈子一想到自己被小偷利用，就气不打一处来。

“经理，您能把宾客登记簿拿给我们看看吗?”阿加莎问道。

巴蒂斯蒂先生身体微微前倾，恭敬地递上了前台登记簿。阿加莎接过来迅速地翻阅了一遍。

“找到了！今天早上，酒店里刚好有一间套房腾了出来。你们知道原本住在里面的人是谁吗?”

“就是小偷本人!”奥丁脱口而出。

“没错，”阿加莎回答道，“他的名字叫米尔顿·格拉瑟。这恰恰也是‘眼线宝’通过声音识别给出的答案。米尔顿是一名中年男子，现在在一家运动用品连锁店工作。他不仅是格拉瑟家族的后代，更是休·格拉瑟的继承人。”

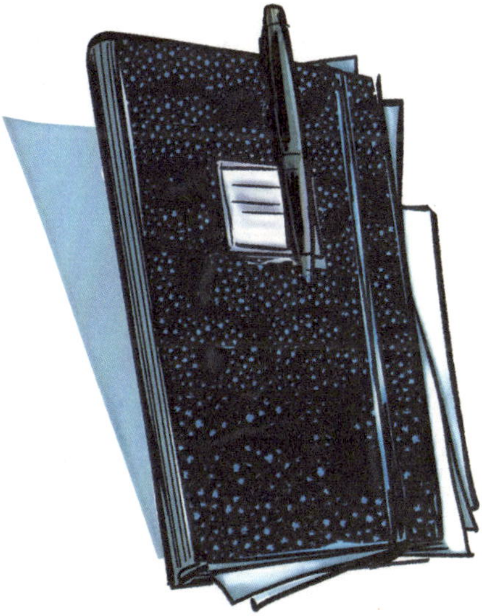

戴蒙德·邦妮突然站起身，激动地鼓起掌来。“太厉害了！”说完，她又立刻坐了下去。

“好了，在场的各位，事情的真相就是这样。”阿加莎总结道，“我们只是想让大家了解事情的来龙去脉，以及你们为何会被操控。现在你们可以选择离开，或者……”

“或者什么？”斯特兰·马德森问道。

“或者你们也可以留下来，亲眼见证小偷被逮捕的过程！”

第八章

远程追捕

拉里将“眼线宝”连接到了投影仪上。白色幕布上出现了三个网格，每个格子里都有一幅独立的画面：第一个画面标有“阿尔法”的字样，显示的是伦敦苏活购物中心外部的场景；第二个画面标有“贝塔”，画面主体是一个摆满了水果和蔬菜的摊位；第三个画面“伽玛”则从远处对准了商场内部运动用品区一个穿着绿色背心的男人。

“就是他，那个人就是格拉瑟！”马德森指着屏幕激动地喊着。

“好极了，现在我们有了第一手的视频资料。”拉里说，“但还不到行动的时候，我们必须要等合适的时机。”

“大家晚上好，”会议厅里突然响起一个严肃的声音，“我是UM60探员，‘侦探眼’的运营总监，也是LM14的上级。正如我之前跟我们的探员交代的那样，唯有抓到罪犯时，案件才算真正告破。一般来说，‘侦探眼’在进行秘密行动时是一概不允许外人观看的，但是在座的各位都被无辜地卷入了这个案子，也因此受到了伤害。这一情况使得各位获得了旁观我们行动的资格。LM14，作为此案的特派探员，由你来负责现场人员的协调调度工作。”

“这些画面是从哪里来的呀？”美奈子好奇地问。

“为了执行抓捕任务，我们在购物中心内部和外部都布置了人员，画面呈现的就是这三位探员的视角。”拉里解释道，“他们佩戴的是一种名为‘天眼’的特殊眼镜，这种装备内置微型摄像头，可以实时传输他们所看到的画面。我们之前在破获巴黎的一起案件时已经成功使用过了……”

“所以这就是格拉瑟的工作地点？”戴蒙德·邦妮问道。

“没错。”阿加莎回答说。

“那我们还在等什么?”斯特兰·马德森不耐烦地催促道。

“我们不想威胁到顾客的安全，”UM60解释说，“抓捕行动将在商场营业结束后展开。”

几分钟后，购物中心的自动卷帘门开始缓缓落下。

“时机已到！”拉里喊道，“开始行动！阿尔法，卷帘门完全落下前潜入商场；贝塔，离开果蔬区，向运动用品区会合；伽玛，原地等待，不要让目标脱离视线。”

随着阿尔法和贝塔的移动，展示他们视角的画面也开始剧烈地摇晃起来。

“我的天，真让人晕眩！”邦妮忍不住按住了太阳穴。

“我现在开启伽玛的环境音频。”拉里说完立刻在“眼线宝”上操作起来。

所有人的注意力都集中在了米尔顿·格拉瑟所在的画面。和在行窃时一样，格拉瑟正一边哼唱着戴蒙德·邦妮的 *I Want Only Love*，一边在柜台的电脑上忙活着。他的身后是一个巨大的球筐，里面装满了各种各样的球：篮球、足球、网球、橄榄球、排球等等。

拉里用手指轻轻一点，屏幕上就跳出了购物中心的地图，上面实时显示了探员们所在的位置。他将运动用品区的视图放大了一些。只见格拉瑟站在主走廊上，这里正好是多个走廊的会合区。他的背后是奇数编号的货架，前方是偶数编号的货架。

“阿尔法，到十三号货架。贝塔，埋伏在十五号货架。伽玛，守在十二号货架。准备包围目标。”

彩色小点立刻根据拉里的指示在地图上移动了

起来。

“安排得不错，LM14！”UM60满意地说，“如此周密的包围计划，他插翅难逃了！”

现场气氛紧张到了极点。

拉里全神贯注地盯着屏幕，阿加莎注意到有汗珠正从他的额头滑落。

“听我指令。三、二、一……上！”

三位探员从货架间冲出来，朝着格拉瑟扑了过去。透过伽玛的视角，大家看到格拉瑟脸上居然露出了一个笑容。

“他笑什么?”马德森不解地问。

这时，格拉瑟伸手抓住了绑在球筐上的一根绳索。就在阿尔法、贝塔和伽玛快要抓住他的一瞬间，球筐的底部啪地一下打开了。三名探员的视角顿时被五彩缤纷的球形物体遮住了。

几秒钟过后，屏幕上的三个画面都变成了天花板，说明他们已经都被击倒在地了。等他们重新站起来时，嫌疑人格拉瑟已经消失得无影无踪。

“已与目标失去视觉联系，已与目标失去视觉联系！”伽玛大声喊道。

“不！”拉里抡起拳头愤怒地捶向了桌子。他愣在那里盯着像陀螺一样转来转去的画面，整个房间的气氛骤然紧张起来。

整个行动的压力都落在了拉里肩上，而此刻他被这突如其来的意外弄得不知所措。

“LM14，现场的人员正在等待指示。”UM60 提醒道。

“拉里，你看一下贝塔的视角，”阿加莎提议道，“看到那排皮划艇了吗？除了那一艘外，每艘旁边都有一支桨。”

拉里恍然大悟：“没错！各位小心。目标人员手中可能持有一支皮划艇桨。”

UM60 的声音再次响起：“LM14，特此提醒，我方人员在逮捕嫌疑人时禁止使用武力。”

拉里抬起头跟肯特先生对视了一下：“真希望这时候你那炸药般的拳头能派上用场！”

旁边的戴蒙德·邦妮挽住了管家的胳膊，管家感到有些尴尬，忍不住清了清嗓子：“少爷，请允许我插一句，根据我的判断，格拉瑟的体型更适合灵活的动作，而非正面的较量。因此我认为他会更倾向于逃跑。”

“说得很对，肯特先生。”拉里赞许地点了点头，“各位探员，现在卷帘门已关闭，仅剩三条次要逃生路线。请分头守住三个出口。”

“侦探眼”的探员们迅速分散开来，拉里摩拳擦掌地说：“这次他肯定逃不掉了。”

然而，米尔顿·格拉瑟显然不打算轻易就范。五分钟过去了，画面里仍然没有任何动静。

“拉里，我觉得我们可能有所疏忽。”阿加莎分析道，“到目前为止，格拉瑟的所有行动都策划得天衣无缝，他成功地预料到了我们的一举一动，所以肯定也事先准备好了秘密的逃跑路线。”

拉里感到局势正在失控。

“可是这家购物中心大得要命！”他几乎要哭出来了，“如果我们真要一点点排查，他完全有充足的时间逃之夭夭！”

“我们再来看一下地图吧。”阿加莎提议。话音未落，购物中心的平面图立刻重新出现在了屏幕上。

“这些方块是什么?”阿加莎问道。

“我猜应该是地面上的活板门，”拉里回答说，“一般来说，下面的地道可以通往各种不同且相互独立的地下区域，比如供暖系统、连接地下停车场的楼梯间，还有下水管道系统……”

“我们绝对不能盲目行动，”阿加莎严肃地说，“一旦出错，格拉瑟就会趁机逃脱。”

“继续移动，保持警惕，”拉里对大家说，“发现任何异常请立即报告。”

空荡荡的购物中心寂静无声，空气中弥漫着一种阴森的气息，让人觉得仿佛随时都会有怪物跳出来。

“嘿，拉里，你看！骑行用品区怎么会有一顶帐篷?”阿加莎发现了疑点。

拉里迅速检查了一遍。“这顶帐篷下面刚好有一扇活板门!”他激动地大喊，“阿尔法，请掀开帐篷。贝塔和伽玛，前往五号货架支援。”

阿尔法立刻掀开了帐篷。贝塔和伽玛也赶了过来，三名探员一同打开了地面上的盖板。下面的暗道又窄又深，墙壁上固定有钢制的梯子横档。

“这里黑得伸手不见五指，LM14。”阿尔法报告说，“我们现在启动夜视模式!”

幕布上的画面立即变成了绿色，探员们开始沿着梯子往下爬。很快，一条横向延伸的通道展现在他们面前。

“小心行事，”拉里叮嘱道，“目标人员持有一支皮划艇桨。”

三名探员小心翼翼地前进着，同时，时刻警惕四周的情况。通道的尽头是一个十分开阔的房间，里面布满了各种管道和旋钮。

房间中央矗立着一台巨大的锅炉，这只庞然大物时不时地喷出蒸汽，模糊了探员们的视线。

“切勿暴露你们进来的路线，”拉里提醒道，“如果那是唯一的出口，格拉瑟就无路可逃了。”

三位探员绕着锅炉前进。一道绿色的影子忽然从他们面前闪过。

“目标出现了！”会议厅里所有人齐声尖叫起来。

阿尔法立即追了上去。

格拉瑟越跑越快，把阿尔法甩在了后面。

片刻之后，他出现在了贝塔的视野中。

这时，格拉瑟猛地停了下来。他的左边是一堵墙。他立刻转向右边，结果出现在了伽玛镜头的正中央。

“这下看你往哪儿跑！”拉里兴奋地喊道。

格拉瑟深吸了一口气，肩膀也跟着沉了下来。他双手握成拳头，顺从地向阿尔法伸出了手腕。

“给他戴上手铐。”拉里命令道。

咔哒一声，阿尔法将手铐扣在了格拉瑟的手腕上。

α
γ
β

小偷终于落网了。

“太帅了，拉里!”美奈子拍手称赞道。

拉里脸红了，但是这一次他没有分神，依然在全神贯注地执行任务:“阿尔法，请把我的声音公放。格拉瑟，你被逮捕了。罪名是盗窃历史上第一台钢架雪车。快说，你把它藏到哪儿了?”

格拉瑟毫不畏惧地直视着阿尔法的眼睛，然而在“天眼”镜头的拍摄下，他仿佛是在对着会议厅里在场的所有人说话:“你们很想让我告诉你们雪车的下落，对吗？很抱歉，你们永远都不会找到它的。你们只需要知道它现在在它应该在的地方就够了。”

“把他带走。”拉里命令道。随后，他断开了“眼线宝”与投影仪的连接。

“本案已结，LM14。”UM60说，“我们会把格拉瑟移交给警方。至于您，请尽量把最近考得不好的分数补回来吧。”

拉里羞红了脸，但在场的所有人全都鼓起掌来。

“恭喜你，拉里！”美奈子跑过去给了他一个拥抱。其他人也一一向他表示祝贺，就连向来高傲的斯特兰·马德森也热情地拉住他，使劲儿跟他握了握手。

阿加莎也面带微笑，但是对她而言，掌声仿佛是从很远的地方传来的。格拉瑟最后说的话一直在她脑海中回荡：雪车“应该在的地方”，指的到底是什么地方呢？

任务完成

清晨八点，阳光洒满了圣莫里茨山谷。阿加莎从床上坐起来，发现拉里已经离开了房间。就他这么个嗜睡如命的家伙，居然比阿加莎起得还早，这怎么可能？这可比雪车的失踪离奇得多。

沃森则在旁边不停地用爪子拨弄着一只空碗，很显然它正不耐烦地等待着它的早餐。

“好了好了，是时候让我的小胖胖填饱肚子了！”阿加莎轻声安抚道。

奇怪的是，连肯特先生也不见踪影，不过他倒是贴心地留下了一张便条：“阿加莎小姐，戴蒙德·邦妮执意要在今天上午跟我见面。如果您有需要的话，请到湖边的冰雕旁找我。”

阿加莎带着沃森来到了酒店的餐厅，一位不苟言笑的侍者给她端来了一碗**木斯里**。这是一种非常健康的早餐，由燕麦片、炼乳，加上半个柠檬以及一颗磨碎的苹果制作而成，一般还会在表面撒上少许核桃碎。跟钢架雪车一样，这道早餐食谱也有着悠久的历史，是在十九世纪末二十世纪初由一位瑞士医生发明的。

木斯里

木斯里起源于瑞士。它富含膳食纤维、蛋白质和维生素，是许多人早餐或运动后的首选食品。木斯里可以搭配牛奶、酸奶或新鲜水果一起食用，简单又美味。

享用完美味的早餐后，阿加莎离开酒店，朝着湖边走去。积雪已经融化了，几个小时前还无法通行的道路此时已经都恢复了正常。大街小巷满是来自世界各地的游客，空气里回荡着各国语言。年迈的夫妻在奢侈品店的橱窗前驻足，昂贵的豪车在刚清理干净的路面上缓缓前行。

阿加莎突然有些怀念初到萨梅丹机场时所感受到的那份宁静。当下的喧嚣似乎与周围优美的山景格格不入。

她继续朝着冰封的湖面走去，很快就迎来了当天的第二个惊喜：她远远地看到了斯特兰·马德森的身影，他不仅没有离开圣莫里茨，而且还在跟奥丁一起工作！这两个死对头居然能和谐共处了，这真是令人难以置信。

阿加莎走近了一些，看着两位艺术家一下一下地在冰块上雕刻出动人的细节。

当目光落到马德森手里的工具上时，阿加莎欣慰地笑了，当初就是这件东西引起了她的注意，然后才一步步查明了真相。

看到阿加莎来了，奥丁立刻跟她打了个招呼：“阿加莎，说出来你肯定不信，原来我们有很多东西可以向对方学习。比如在雕刻洞穴巨人的皮毛方面，马德森就有自己独特的手法！”

“而你堂哥在刻画的面部表情方面简直令人叹为观止！”马德森回应道。

阿加莎还瞄到了肯特先生的身影，他正坐在一辆被马匹拉着的红白相间的豪华雪橇上，戴蒙德·邦妮紧紧地挽着他结实的臂膀，看上去无比依恋，完全没有要放这位管家早点儿回去的意思。不远处，歌星的年轻助理达莉亚则孤身一人在忙自己的事，神色看上去仍是一如既往的高傲。

阿加莎继续散着步，沃森则欢快地绕着她跑来跑去。走着走着，她突然被拉里撞了个正着。

“啊呀，对不起，阿加莎，我刚才没看到你！”拉里激动地喊道。

“你可真是不中用！”从旁边飞速掠过的美奈子笑着调侃他说。

阿加莎现在明白了——怪不得拉里起了个大早，原来是约到了这位漂亮的日本冠军！

“要不要来一起滑冰呀？”美奈子热情地邀请阿

加莎。

阿加莎摇了摇头回答道：“不啦，我实在不太擅长滑冰。祝你们玩得开心！”

事实上，她只是不想打扰拉里和美奈子。当然了，更重要的是她的心思早就飞到别的地方去了。如果现在去滑冰，恐怕也会跟拉里一样撞到别人身上。

阿加莎脑海中始终有一个挥之不去的疑问——被盗的雪车到底去哪儿了？格拉瑟的话究竟是什么意思？

也许是时候回房间好好思考一下了……

突然，她停下了脚步，猛地拍了一下自己的额头。

“没错！我怎么早没想到呢？”阿加莎大声对自己说。

她抱起沃森，飞快地冲回了酒店。

“格拉瑟的每一步都经过了缜密的策划，”她不断地自言自语道，“所以他绝对不会留下一丝偶然的因素！”

她飞速越过前台，匆忙地跟礼宾员打了个招呼，然后迫不及待地冲进了电梯。电梯上楼的过程中，她还在不耐烦地用脚掌拍打着地面。

“上飞机之前，格拉瑟唯一去过的地方就是我们的套房。”阿加莎对着她的白色猫咪说。

叮的一声，电梯到达了指定的楼层。阿加莎一把推开二三七号房间的房门，放下猫咪，开始环视四周，努力想象着房间在没有增加各种时髦的装饰物之前的模样。

“沃森，一百多年前查尔德和休·格拉瑟发明钢架雪车时就住在这家酒店里。既然我们的格拉瑟先生选择了这间房，那就说明这也正是他的前辈此前住过的房间。因此，雪车肯定就藏在这里的某个地方。但会是什么地方呢？”

此时，她回想起奖杯陈列厅里的照片，脑海中浮现出钢架雪车的形态。它之所以叫这个名字，是因为它宛如骨架的极简外形：也就是一块平板支架，底部带有螺丝，可以用来固定滑行用的冰刀。

突然，她的目光落在了拉里床头柜上的托盘上。她试着想象了一下，如果在托盘下面装上冰刀……

“就是它！沃森！”她尖叫起来，“我们终于找到它了！”

她轻轻抚摸着这块光滑而又现代的平板，在一堆设计感十足的物件中，它显得毫不起眼，根本不会被注意到。

“你觉得我们应该立刻告诉拉里吗……还是算了？”阿加莎思考着。

谁知道当初查尔德和休·格拉瑟之间到底发生了什么呢？过去了这么多年，米尔顿·格拉瑟还在执着地追寻真相，也许他并非完全无中生有。

“你知道吗，沃森?”阿加莎凝视着猫咪的眼睛认真地说，“我们恐怕永远都无法知晓真相了。不论雪车的发明者是查尔德还是格拉瑟，它的归宿就在这里，那就让它永远留在这里吧。答应我，这是我们之间的小秘密，好吗?”

西伯利亚猫响亮地喵了一声，提醒小主人，是时候再给它来点儿零食解解馋了。

侦探小课堂

侦探的黄金定律

一名真正的侦探要善于融入不同的环境，通晓当地风俗习惯，避免被他人轻易识破。以下就是侦探必须遵守的几条黄金定律。

1. 切忌过分显眼！

和当地人一样的衣着打扮是侦探最好的伪装。无论身边是衣着华丽还是以运动装为主的人群，侦探都应该根据实际情况，选择与他们相近的服饰，同时还可以保留些许个性化装扮。

2. 切忌留下痕迹！

在需要进入室内获取某件物品时，侦探应该尽可能做到举止自然，在确保没人看见的情况下，迅速行动并及时离开，千万不能随意移动其他无关物品。如果目标物体被压在其他物体下方，则应在行动前记清所有物体的具体位置，并在拿到目标物体后，及时将其余物体归位。

3. 切忌心急！

侦探在跟踪目标人物时，应当与其保持适当的距离。当目标人物在道路转角拐弯时，应等待几秒后再跟上他的行踪，切忌突然加快脚步。在跟踪过程中，侦探应冷静地记下所有与目标人物进行过交谈的人员。在能听见谈话内容的情况下，还应记下谈话中涉及的所有与案件相关的话题。

4. 切忌暴露真实身份!

侦探在跟踪嫌疑人时，应当假装忙于其他事情，比如：和朋友聊天、看报纸、用手机发短信、抚摸小狗等。切忌在追踪过程中被当场识破，否则将会惹上大麻烦!

侦探小课堂

侦探的必备技能

1. 观察能力

优秀的观察能力可以帮助侦探快速掌握现场的基本情况，其中包括环顾案发现场，收集现场的基本信息和确定嫌疑人的基本特点。环顾并不仅仅是简单地用眼睛去扫视案发现场所陈列的事物，还应该通过大量的训练逐步练就提取现场关键证据的本领。

你们想试一下吗？请尝试找出房间里所有红色的物体，然后再找出体积最大的那一个。你们找到了吗？也许是一张小桌子，又或者是一个玩具……但具体是什么并不重要，重要的是通过认真观察，你们不但知道了房间里红色物体的数量，而且还成功找出了它们之中体积最大的那样东西。总而言之，经过反复的练习，观察能力能够帮助侦探以最快的速度找出案发现场的线索。

2. 好奇心

一位出色的侦探不但要有强烈的好奇心，还要做到消息灵通！为了满足这两个要求，侦探需要阅读各式各样的书籍和报刊，从百科全书或网络上获取相关信息，并通过观看大量电影（侦探片和恐怖片）来丰富自己的知识储备。在调查过程中，偶然获取的某个信息也许会成为侦破案件的关键。

举个例子，在一部著名的电影中，调查者在没有彻夜埋伏进行追踪的情况下，成功推断出了一辆小汽车离开停车场的时间。那他是怎么做到的呢？其实很简单——他提前把自己的手表放在了车轮底下，当车辆启动后手表不可避免地被轧碎了，表上的时间自然也就停留在了车辆启动的那一刻吹灰之力便破解了一个难题！

3. 记忆力

记忆力就像是每位侦探的私人档案馆，侦探能够从中找出抓获罪犯的关键信息。尽管许多辅助调查的工具都十分快速高效，但没有任何一台电脑能够代替我们自己的大脑。我们的脑海里储存着数不胜数的记忆碎片，比如某个人的相貌、某种气味、某句嫌疑极大的话语……

现在向大家提一个小问题：你们最好的朋友在生日那天穿了什么颜色的衣服呢？请你们认真回想一下，并试着把脑海中的记忆碎片联结起来……你们一定会惊讶于记忆的力量！

4. 侦探必备的其他能力

想象力：制定万无一失的计策，将罪犯捉拿归案。

推理能力：有理有据地推断出案件的每一个环节。

耐心：头脑冷静地进行推理分析，严禁草率行事。

礼貌谦恭：态度端正，只有彬彬有礼地询问才能收集到更多证词。

合作精神：团结就是力量，对于侦探来说也是如此。

坚持：不到最后一刻，绝不放弃。

侦探小课堂

侦探的破案工具

案件调查是一门艺术，调查过程中也需要因地制宜地选用合适的“专业工具”。可供使用的调查工具和方法数不胜数，比如：从过去利用放大镜寻找指纹，到现代的DNA鉴定技术；从使用铅笔在笔记本上手绘嫌疑人画像，到如今的罪犯电子档案记录等。除此之外，侦探们时常需要长途奔波，因此切记选择简便的衣服和舒适的鞋子！

1. 阿加莎的破案工具

· 一本随时随地都可以记录想法和重要信息的笔记本；

· 一个馆藏丰富，随时可查阅资料的图书馆；

· 一个用于储存所收集线索的匣子；

· 一副真丝手套，避免在侦查过程中留下指纹。

2. 拉里的“眼线宝”

世界上最先进的电子设备，能够搜索到各个领域的相关信息；内含防震和适应极端天气的设计，还配有许多令人意想不到的功能，诸如将卫星移入指定轨道、搜寻浩如烟海的电子资料、启动各项科幻程序等，因此如何巧妙使用“眼线宝”是非常重要的问题。